U0075571

零距離！
生活日語會話
日本語會話中上級

瀬川由美　紙谷幸子　安藤美由紀 著

日本スリーエーネットワーク授權

鴻儒堂出版社發行

はじめに

本書は、普段の生活場面で自然な日本語で話したいという中上級レベルの学習者に向けた日常会話習得のためのテキストです。多くの学習者は「です・ます」の形で日本語を学ぶため、普通体や縮約形を使った話し方を苦手としています。そのため、親しくなった相手から「友達なんだから、もっとカジュアルに話してほしい」と言われて困っているという声をよく聞きます。

本書では、日常生活で遭遇する様々な場面を取り上げ、ロールプレイによる口頭練習を重ねながら、多くの表現を身に付けられるようになっています。また、豊富な音声教材がついていますので、ぜひこれを活用し、役になりきって楽しく練習してください。

本書の作成にあたっては、スリーエーネットワークの佐野智子さん、中川祐穂さん、吉本弥生さんに大変お世話になりました。深く感謝いたします。

2021年10月　著者一同

這本書適用於希望在能在日常生活中，以自然的日語對話的中高級學習者。許多學習者以「です・ます」的形式學習日語，造成他們不擅長在會話時使用普通形和縮約形。因此，著者就經常聽到，學習者因為變得親近的人告訴他們「都是朋友了，希望你說話能隨意些」而感到尷尬。

在本書中，模擬日常生活中遇到的各種情況，透過角色扮演的方式反復練習口語，從而掌握多種表達方式。另外本書也附有豐富的聲音資料，希望讀者能充分活用，融入角色，愉快練習。

本書編寫過程中受到3ANetWork的佐野智子女士、中川裕穗女士、吉本彌生女士給予的許多協助。非常感謝。

2021年10月　著者一同

目次
もく じ

本書の使い方
ほんしょ　つか　かた

本書の対象・目的
ほんしょ　たいしょう　もくてき

本書は、自然な日常会話を学びたいと考えている中上級レベルの学習者を対象としたテキストです。円滑なコミュニケーション力を習得することを目指します。

本書の特長
ほんしょ　とくちょう

● 自然な日常会話は、「です／ます」の形ではなく、普通体や縮約形を用いたり、助詞を省略したりしながら展開していきます。本書では、こうした話し方を身につけるために、日常生活で遭遇する様々な場面を提示し、ロールプレイを通じて口頭練習を行います。

● 本書は興味や必要度に応じて話を選ぶことができますが、「本文会話」がシェアハウスに住む4人の物語になっているので、第1話から学習することをお勧めします。

● 本書は、教師の指導のもとで利用することが理想的ですが、ふりがなと中国語訳がついているので、自習もできるようになっています。

本書の構成
ほんしょ　こうせい

本書は10話で構成され、各話は二つのシーンに分かれています。各シーンは「タスク」「本文会話」「コミュニケーション上のポイント」「表現」「談話練習1」「談話練習2」「語彙リスト」で構成されています。

タスク 本文の流れを理解するための準備運動です。本文会話を聞いたあと、質問について学習者同士で話し合います。

本文会話 シェアハウスに住む4人の日常生活を通じて、親しい友人や会社の先輩、店の人や趣味の仲間、病院の医師などとの自然な会話が学べるようになっています。

コミュニケーション上のポイント

良好な人間関係を築くためのちょっとした会話のテクニックが紹介されています。

表現 本文会話に出てくる日常会話ならではの特徴的な表現を取り上げて、例文とともにわかりやすく説明してあります。縮約形などは元になる形も示しています。

談話練習 「表現」で取り上げた表現を使って短い談話形式で口頭練習します。

語彙リスト 各シーンで出てくる重要語彙をまとめました。縮約形などは、元になっている形を示してあります。

巻末にはタスクの解答例と、談話練習の解答例が載せてあります。

補助教材

「本文会話」「談話練習1」「談話練習2」の音声をウェブサイトで聞くことができます。

https://www.hjtbook.com.tw/book_info.php?id=3929

学習時間

1話につきプライベートレッスンの場合で5時間、クラス授業の場合で6時間～8時間を想定しています。

■授業の時間割の参考例

授業数（1コマ90分）	本文会話	表現	談話練習
1コマ目	シーン1	シーン1の表現	
2コマ目			シーン1の談話練習1、2
3コマ目	シーン2	シーン2の表現	
4コマ目			シーン2の談話練習1、2

本書的使用方法

▦ 本書的對象和目的

本書是以想學習自然日常會話的具有中高級日語程度的人為對象的教科書。目的是學習者可以掌握順利進行交流的能力。

▦ 本書的特長

● 自然的日常會話並不是「です／ます」形，而是會使用普通體、縮約形，亦或省略助詞等形式來展開的。為了掌握這種會話方式，本書提示有日常生活中會碰到的各種場面，可以通過角色扮演來進行口語練習。

● 本書可以根據興趣和需求選擇相應的話題，但因為 "課文會話" 的構成是四個住在合租房的人的故事，所以建議大家從第1課開始學習。

● 雖然本書最為理想的是在教師的指導下使用，但由於書中附有假名以及中文譯文，因此也可以用於自學。

▦ 本書的構成

本書由10課構成，各課分為2個場面。各場面由 "任務"、"課文會話"、"交流重點"、"表現"、"談話練習1"、"談話練習2"、"詞彙表" 構成。

タスク 這是為了理解課文內容的熱身。聽了課文會話之後，學習者一起來就提問進行討論。

本文会話 通過住在合租房的4個人的日常生活，可以學習掌握與親密朋友、公司前輩、店裡的同事以及有相同愛好的伙伴、醫院的醫生等的自然會話。

コミュニケーション上のポイント

介紹有為了構築良好人際關系的簡短會話技巧。

表現 就課文會話中出現的日常會話所具有的獨特表現，與例句一起做有簡單明了的說明。並提示縮約形等的原有形式。

談話練習 使用在"表現"中提示的表現，以簡短的談話形式進行口語練習。

語彙リスト 歸納了在各場面中出現的重要詞彙。縮約形等提示有其原有形式。

卷末載有任務的解答例和談話練習的解答例。

輔助教材

"課文會話"、"談話練習1"、"談話練習2"的語音，可以在網頁上收聽。

https://www.hjtbook.com.tw/book_info.php?id=3929

學習時間

設定1課的個人授課所需時間為5個小時，班級授課所需時間為6～8個小時。

■授課時間表的參考例

授課數（1堂課90分鐘）	課文會話	表現	談話練習
第一堂課	場面1	場面1的表現	
第二堂課			場面1的談話練習1、2
第三堂課	場面2	場面2的表現	
第四堂課			場面2的談話練習1、2

登場人物

由利
日本人　29歳　建設会社社員

スティーブ
オーストラリア人　32歳　寿司職人

チョウ
中国人　27歳　エンジニア

アナ
日系ブラジル人　33歳　精神科医

第 1 話

シェアハウスで新生活

在合租房開始新生活

シーン1

初顔合わせ

初次見面

タスク

シェアハウスでの4人の会話を聞いて、次のことを話し合ってみよう。 ◁)) 001
（解答例は巻末P166）

1. 由利（女）、チョウ（男）、スティーブ（男）、アナ（女）は、それぞれ
   イラストの中のどの人物か。
2. 4人はそれぞれどんな性格だと思うか。

1

🔊 001

由利	こんにちは。シェアハウス・コルサ**ってここですか** (1)。
チョウ	もしかして、4人目の住人の人？
由利	はい。吉田由利です。よろしくお願いします。思ったよりいいとこですね、ここ。
チョウ	そうでしょう。僕、チョウです。
スティーブ	やっと来た。由利、今、何時だと思ってる？
由利	ごめんごめん、スティーブ。つい二度寝し**ちゃって** (2)。
スティーブ	**せめて**電話**ぐらい** (3)……。
由利	はい、ほんとにごめんなさい。
チョウ	二度寝、気持ちいいんですよね。僕もよくやっ**ちゃう** (4)。
アナ	共有スペースはもう片付いたから。そこにある吉田さんの荷物、自分の部屋に運んでくれる？
由利	あ、由利**でいいです** (5)。
アナ	じゃあ、由利さんお願いね。私はアナ。
由利	アナさん、よろしくお願いします。

コミュニケーション上のポイント

相手への強い共感を表す「よね」

由利とスティーブが険悪になった時、二人の仲を和ませたのが「二度寝、気持ちいいんですよね。」（10行目）というチョウの一言です。ここでは、由利の気持ちもわかるということを示して、遅刻した由利を許してあげようという気持ちを表しています。

表示與對方強烈同感時的「よね」

由利和史蒂夫關係緊張時，「二度寝、気持ちいいんですよね。」（睡個回籠覺很舒服啊）（第10行），是小趙的這句話使兩個人的關係緩和了下來。在這裡，表達的是很理解由利現在的心情，對她的遲到予以諒解的心情。

（1） ～ってここですか

ここが正しい場所かどうか相手に確認を求める時の表現。

向某人確認目前所在位置是否正確時的表現。

🔊002

❶ （オフ会で）
　　A： あのー、K-POP愛好会ってここですか。
　　B： あ、はい、そうです。初めての人？
❷ （家電量販店で）
　　A： 免税手続きってここですか。
　　B： はい。あちらに並んでお待ちください。
　　A： はい、ありがとう。

（2） ～ちゃって　　　　　　　　　　　　　　　→～てしまって

謝る時に自分の失敗や相手に負担をかけたことを説明する表現。

用於道歉時，解釋自己的失誤或給對方造成負擔的事情的表現。

🔊003

❶ A： ごめん、時間、間違えちゃって……。
　　B： 今日のランチ、おごりね。
❷ A： 悪い、付き合わせちゃって。
　　B： いいよ。お互い様だから。

（3） せめて～ぐらい

「最低、～程度はしてほしい、したい」という気持ちを表す表現。

表示“希望別人或自己至少能達到～程度”這一心情時使用的表現。

🔊004

❶ A： 昼ご飯、なし？
　　B： うん、ダイエット中だから。
　　A： せめて野菜ジュースぐらい飲んだら？
❷ A： あれ？　飲み放題の時間って、90分だけ？　せめて2時間ぐらいは飲みたいなあ。
　　B： じゃあ、追加料金払って、長くする？

(4)　～ちゃう
→～てしまう

嫌な気持ち、残念な気持ち、失敗して後悔したことを表す表現。

表示討厭、遺憾的心情以及因失敗而感到悔恨時使用的表現。

🔊005

❶ A：暑い！　毎日毎日、もうやんなっちゃう。

　 B：ほんと……。誰かどうにかしてよ。

❷ A：あーやっちゃった……。

　 B：どうした？

　 A：鍋、焦がしちゃったよ。

(5)　[自分の呼び名]でいいです

相手に自分の呼んでほしい呼び名を伝える時の表現。

告訴對方希望怎樣來稱呼自己時使用的表現。

🔊006

❶ A：井上優一です。

　 B：井上さんですね。

　 A：あ、ユウでいいです。

❷ A：オウ・シンイーです。よろしく。

　 B：オウ・シンイーさん？

　 A：あ、呼びにくいから、シンディーでいいです。

1. 初対面の相手に声をかける
與初次見面的對方打招呼

🔊 007（新規会員／運営スタッフ）　🔊 008（新規会員）　🔊 009（運営スタッフ）

（ランゲージエクスチェンジの会場で）

新規会員	ランゲージエクスチェンジ四谷ってここですか。
運営スタッフ	はい、そうです。こんにちは。
新規会員	こんにちは。初めてなんですけど。エリザベスです。
運営スタッフ	エリザベスさんですね。
新規会員	あ、ベスでいいです。
運営スタッフ	ベスさんね。 福田です。よろしく。
新規会員	よろしくお願いします。

以下のような場面で話してみよう。

1. Aが初めてオフ会に行って、主催者Bに声をかける。
2. Aがボランティアサークルに行って、受付の人Bに声をかける。

A	（ 会の名前 ） ってここですか。 聚會的名稱
B	はい、そうです。こんにちは。
A	こんにちは。初めてなんですけど。 （ 自分の名前 ） です。 自己的名字
B	（ 相手の名前 ） さんですね。 對方的名字
A	あ、 （ 自分の呼び名 ） でいいです。 自己的通稱
B	（ 相手の呼び名 ） さんね。 對方的通稱 （ 自分の名前 ） です。よろしく。 自己的名字
A	よろしくお願いします。

2. 謝る
道歉

🔊010（友人A／友人B）　🔊011（友人A）　🔊012（友人B）

友人A	ごめん、今日の交流会、行けなくなっちゃった。
友人B	えー、当日に言わないでよ。
友人A	先輩に仕事、頼まれちゃって。 人が足りないから来いって言われて。
友人B	そんなの……。約束、こっちが先なのに……。
友人A	そうなんだけど……。ごめん。ほんとごめん！
友人B	もー、しょうがないなあ。

以下のような場面で話してみよう。
1. Aが、飲み会の人数を間違えて予約したことを友人Bに謝る。
2. Aが、週末に貸すと約束した車を貸せなくなったことを友人Bに謝る。

A	（謝る）、（謝る理由を言う）ちゃった。 道歉　　　　説明道歉的理由
B	えー、（文句を言う）。 　　　提意見
A	（言い訳する）ちゃって。 辯解 （補足する）て。 補充
B	（更に文句を言う）のに……。 再提意見
A	そうなんだけど……。（もう一度謝る）！ 　　　　　　　　　　再一次道歉
B	もー、しょうがないなあ。

語彙リスト

本文会話

1. とこ ◀ ところ
2. 二度寝する（に ど ね） ： 睡回籠覺
3. 共有スペース（きょうゆう） ： 共享空間

表現

1. オフ会（かい） ： 網友聚會
2. K-POP愛好会（あいこうかい） ： 韓國流行音樂同好會
3. 家電量販店（か でんりょうはんてん） ： 家電量販店
4. 免税手続き（めんぜい て つづ） ： 免税手續
5. おごり ： 請客
6. お互い様（たが さま） ： 彼此彼此
7. やんなっちゃう ◀ 嫌（いや）になってしまう
8. 焦がす（こ） ： 燒糊，燒焦

談話練習

1. 交流会（こうりゅうかい） ： 交流會

8

シーン2

共同生活のルールを決める
(きょうどうせいかつ) (き)

制定共同生活的規則

タスク

シェアハウスでの4人の会話を聞いて、次のことを話し合ってみよう。　　🔊013
(にんかいわき) (つぎ) (はな) (あ)

（解答例は巻末P166）
(かいとうれい) (かんまつ)

1. アナの提案について、スティーブ、由利、チョウは、初めどんな反
(ていあん) (ゆり) (はじ) (はん)
   応を示したか。
   (のう) (しめ)

2. それはどんな発言からわかるか。
   (はつげん)

9

🔊013

アナ	一応、共同生活のルール、ざっくり作ってみたんだ**けど……** (1)。
スティーブ	「水回りは常に清潔にしておくこと。」これ、どういう意味？
アナ	洗面台や台所を使ったら、その周りを拭くとか、私物を置きっぱなしにしないとかってことよ。
スティーブ	めんどくさいな。 5
アナ	それが、共同生活の基本です。
由利	「友達は部屋に呼ばない。」友達連れてきちゃダメ**ってこと？** (2)
チョウ	それってどうかな。
アナ	みんながみんなやっ**たら、**きりがな**くなっちゃうでしょ** (3)。
由利	それにうるさいしね。 10
スティーブ	いろんな人との交流あってこそのシェアハウス**なんじゃないのかな？** (4)
チョウ	それもそうだ。
由利	**じゃあ、**呼んでもいい、ただし節度を守って、**ってことにしない？** (5)
チョウ・スティーブ	賛成。
アナ	わかった。そうしよう。 15

コミュニケーション上のポイント①

友達言葉の中で、突然出てくる「です/ます」形

シェアハウスの仲間がルールについて話し合っている時、アナが突然「共同生活の基本です。」（6行目）と、丁寧な言い方をしています。友達言葉の中で、突然出てくる「です/ます」は、相手と距離を置き、言いたいことを相手に印象付ける効果があります。

在朋友之間的對話中，突然出現的「です/ます」形

合租房的幾個同伴在商量規則時，安娜突然用禮貌的表現說：「共同生活的基本です。」（第6行）。朋友之間的對話中，突然出現的「です/ます」，是刻意保持自己與對方之間的距離，有著能使對方對自己想說的事情更加印象深刻的效果。

コミュニケーション上のポイント②

相手の意見に同意できない時に使うソフトな表現「それってどうかな。」

アナの意見にチョウが「それってどうかな。」（8行目）という表現で反対しています。これは、「私はあなたの意見に疑問を持っている」という意味ですが、「賛成できません」「反対です」などを使うより、否定的な印象が弱まり、そのあとの話し合いを円滑に進めることができます。

用於無法贊同對方意見時的委婉表現：「それってどうかな。」

對安娜的意見，小趙用「それってどうかな。」（第8行）來表示反對。意思是"我對你的意見有點疑問"。這與使用「賛成できません」（不贊成）「反対です」（反對）等表現相比，沒有那麼強烈的否定印象，利於將之後的對話順暢地進行下去。

（1）　～けど……

相手の意向を尋ねたり、確認したりする時の前置き表現。

詢問或確認對方的意向等時使用的開場白。

🔊 014

❶ A：　打ち上げやろうと思うんだけど……。

　　B：　ああ、いいね。鉄板焼きはどう？

❷ A：　来週の金曜日で店、予約したけど……。

　　B：　サンキュー。

（2）　～ってこと？

相手の発言を自分の解釈で言い直して確認する時の表現。語気が強いと相手にけんかを仕掛けているようにとられるので注意する。

按自己的解釋重複一遍對方發言的意思以求確認時使用的表現。要注意的是，如果語氣太強硬的話，會被理解為是在找碴和對方吵架。

🔊 015

❶ A：　X社のCさん、大阪に転勤するらしいよ。

　　B：　え、じゃあ、うちの担当、変わるってこと？

❷ A：　この間頼んだオフ会の場所決め、どうなってる？

　　B：　すみません、ちょっとまだ……。

　　A：　それって、やる気がないってこと？

（3）　～たら／～と、…くなるでしょ／…くなっちゃうでしょ

「～すると、…という悪い結果になる」という意味。イントネーションが上がると、確認の意味合いが強くなり、イントネーションが下がると、押し付けの意味合いが強くなる。

意思是"如果～，就會導致…的壞結果"。提升語調時，確認的意思比較強，而降低語調時，則強加於人的語氣比較強。

🔊 016

❶ A：　そんなに場所とったら、みんなが座れなくなるでしょ。

　　B：　ああ、そうか。ごめん。

❷ A：　期日までにレポート出さないと、進級できなくなっちゃうでしょ？

　　B：　わかってるよ。

　　A：　わかってるなら、さっさと出しちゃったら？

（4）〜んじゃないのかな？

自分の推測を控えめに伝えたい時の表現。

想要比較低調地説出自己的推測時使用的表現。

🔊 017

❶ A： Cさん、JLPTの結果、どうだったんだろうね。

　 B： 連絡ないから、ダメだったんじゃないのかな？

❷ A： あした、台風来るって。授業、休みにならないかな。

　 B： 電車も止まるらしいから、休講になるんじゃないのかな？

（5）じゃあ、〜ってことにしない？

今までの意見を受けて新しく提案する時の表現。

接受前面的意見，提出新的建議時使用的表現。

🔊 018

❶ A： お酒を飲む人と飲まない人が、同じ金額なのはどうかな？

　 B： じゃあ、飲む人はプラス2,000円ってことにしない？

　 A： そうしよう。

❷ A： ずっと一人で運転するっていうのは疲れるよ。

　 B： わかった。じゃあ、4人で交替で運転するってことにしない？

　 A： うん、そうしてくれると助かる。

1. 提案に賛成する
賛成所提建議

🔊 019（友人A／友人B）　🔊 020（友人A）　🔊 021（友人B）

友人A	友達呼んでハロウィーンパーティーしたいんだけど……。
友人B	いいね！　コスプレするってことだよね？ 面白い面白い！
友人A	仮面舞踏会っぽくするのはどう？
友人B	うん。友達の友達も呼んで。知らない人もいると刺激的だね。
友人A	そうそう！　お見合いパーティーみたい。
友人B	ちょっとドキドキするね。

以下のような場面で話してみよう。
1. Aが、懐かしい仲間と久しぶりにみんなで会おうと、Bに提案する。
2. Aが、高級レストランの飲み放題、食べ放題の格安プランがあるので行こうと、Bに提案する。

A	（ 控えめに提案する ）　けど……。 謹慎地提出建議
B	いいね！　（ 確認する ）　ってことだよね？ 　　　　　　　　　確認 （ プラスの感想を言う ）　！ 談積極的感想
A	（ 追加の提案をする ）　はどう？ 提補充的建議
B	うん。　（ 提案を更に追加して発展させる ）　。 　　　　　提進一歩的補充建議
A	（ 同意する ）　！　（ プラスの感想を言う ）　。 同意　　　　　　　　　談積極的感想
B	（ 同意する ）　。 同意

2. 提案に反対する
反對所提建議

🔊 022（友人A／友人B）　🔊 023（友人A）　🔊 024（友人B）

友人A	友達呼んでハロウィーンパーティーしようと思うんだけど……。
友人B	それって、コスプレするってこと？
友人A	もちろん。 仮装とかフェイスペイントとかして。
友人B	うーん……。それってどうかな。 嫌がる人もいるんじゃないのかな？
友人A	わかった。じゃあ、コスプレしたい人だけするってことにしない？
友人B	それならいいよ。

以下のような場面で話してみよう。
1. Aが社員旅行について、同僚Bに意見を求める。
2. 家計を見直すために、子供の習い事について、妻Aが夫Bに意見を求める。

A	（ 控えめに提案する ）　けど……。 謹慎地提出建議
B	それって、（ 確認する ）　ってこと？ 　　　　　　　　確認
A	（ 肯定する ）　。 肯定 （ 提案の補足をする ）　。 補充建議
B	うーん……。それってどうかな。 （ 反対意見を言う ）　んじゃないのかな？ 說反對意見
A	わかった。じゃあ、（ 代案を出して、意向を聞く ）　？ 　　　　　　　　　　　提出替代方案，聽取意向
B	（ 受け入れる ）　。 接受

語彙リスト

本文会話

1. ざっくり ： 粗略
2. 清潔(せいけつ)な ： 清潔
3. きりがない ： 沒完沒了
4. 節度(せつど)を守(まも)る ： 有分寸、適可而止

表現

1. 打(う)ち上(あ)げ ： 舉辦（工作結束後的）聚餐
2. 鉄板焼(てっぱんや)き ： 鐵板燒
3. 期日(きじつ) ： 期限

談話練習

1. コスプレする ： 進行角色扮演
2. 仮面舞踏会(かめんぶとうかい) ： 化裝舞會
3. 刺激的(しげきてき)な ： 刺激性
4. お見合(みあ)い ： 相親
5. 仮装(かそう) ： 化裝
6. フェイスペイント ： 臉彩

第2話
仲間と寿司パーティー
なか ま　　　　　　　す し
和伙伴一起辦壽司派對

> シーン1

相手について興味を持って尋ねる
あい て　　　　　　きょう み　　　　も　　　　たず

感興趣地詢問對方的事情

> タスク

パーティーでの4人の会話を聞いて、次のことを話し合ってみよう。　　🔊025
にん かい わ　　 き　　　　つぎ　　　　　　　はな あ
（解答例は巻末P166）
かいとうれい　かんまつ

1. スティーブとチョウについて、わかったことは何か。
なに
2. スティーブと由利の関係について、わかったことは何か。
ゆ り　かんけい　　　　　　　　　　　　なに

🔊 025

由利	このお寿司、めっちゃおいしい！　さすがスティーブ!!
アナ	うん、このあなごの蒸し加減といい、シャリの具合といい、**最高じゃない！**(1)
由利	スティーブがオーストラリアに店出したら、私、絶対行く！
スティーブ	ちょっと待ってよ。まだ見習い3年目なんだから**さ**(2)、まだずっと先の　5 ことだよ。
アナ	スティーブと由利さんは、いつから友達？
由利	いつ……いつだったかな。スポーツジム**が一緒だったんだよね**(3)。
スティーブ	うん。女の人がベンチプレス60キロ?!　ってびっくりして見たら、由 利だったんだよね。　10
アナ	アハハ、それはすごい。
チョウ	僕なんか軽く持ち上げられちゃうね。
由利	まあね。チョウさんは、何か運動してない**の？**(4)
チョウ	うん。特には。でもまあ、よく歩くほうかな。この間は、四谷の須賀神 社まで行ってきた**んだ**(5)。　15
由利	四谷の須賀神社？　なんで？
チョウ	映画に出てきた場所なんだ。
由利	あー、私も見た。あのアニメ。聖地巡礼ってやつね。チョウさん、アニ メ好きなんだ。
チョウ	うん。これ見て。鎌倉高校前の踏切、こっちは、神戸の西宮北高校前の　20 坂道……。
由利	ふーん、そうなんだ……。詳し過ぎる……。
アナ	あれ、チョウさんのいくら、乾いちゃってるよ。アニメ話はあとにして、 早く食べたら？
チョウ	あ、そうだね。　25
スティーブ	アハハ！　みんな、キャラ立ってんな。

コミュニケーション上のポイント①

相手と親しくなる会話の進め方 ～聞き役を心がけよう！～

本文でアナが「スティーブと由利さんは、いつから友達？」（7行目）、また由利が「チョウさんは、何か運動してないの？」（13行目）と他の人に話をするよう促しています。このように3人以上の会話では、「～さんは？」と話していない人に質問し、一人だけに話が偏らないよう配慮することが必要です。

為與對方變得親密的交談方式―注意做好聽話人的角色

在課文中，為讓其他的人也加入交談，安娜說「スティーブと由利さんは、いつから友達？」（史蒂夫和由利是什麼時候成為朋友的？）（第7行），由利也說了「チョウさんは、何か運動してないの？」（小趙，你平常不做什麼運動嗎？）（第13行）。在這種三人以上的交談中，有必要像用「～さんは？」（某某你怎麼樣呢？）這樣的方式來問沒有說話的人，注意不要只和一個人說話。

コミュニケーション上のポイント②

「～さ」に注意しよう！

スティーブが「まだ見習い3年目なんだからさ、」（5行目）と言っているように、「～さ」は友達同士の会話で非常に多く使われます。ただし、どんなに親しくても先輩や上司に使うと失礼な印象を与えてしまうので注意が必要です。

來注意一下「～さ」的使用吧！

如史蒂夫所說的「まだ見習い3年目なんだからさ、」（因為還是實習生的第3年）（第5行），「～さ」在朋友之間交談時用得很多。不過，需要注意的是，無論多麼親近，如果對前輩和上司使用都會給人留下失禮的印象。

（1）〜じゃない！

感想を強調して相手に直接伝えたい時の表現。

想要直接向對方強調自己的感想時使用的表現。

🔊026

❶ A： 北海道旅行の計画、立ててみたんだけど、どうかな？

　 B： うん、いいじゃない！　有名なところを全部回るんだね。これで行こうよ。

❷ A： おかげさまで、N1に合格できました。

　 B： そう！　すごいじゃない！　近々、お祝いしようよ！

（2）〜さ

「聞いてほしい」と、相手の注意を引きたい時に使う表現。

"希望你聽一下"，用於想吸引對方注意時使用的表現。

🔊027

❶ A： 土曜日の約束だけどさ、時間、1時半に変えられない？

　 B： いいよ。

❷ A： 最近、疲れやすくてさ、よく効く栄養ドリンク、知らない？

　 B： 韓国の高麗人参で作ったドリンク、結構いいよ。

（3）〜が一緒だったんだよね

知り合ったきっかけについて聞かれた時、「同じ〜に所属していた」と説明する時に使う表現。

用於在被問到相識的機緣，說明是"屬於同一〜"時的表現。

🔊028

❶ A： BさんとCさんって、入社前から知り合いだったんですか。

　 B： うん。大学でサークルが一緒だったんだよね。Cさんのほうが1年先輩でさ。

❷ A： Bさん、Cさんと面識あったの？

　 B： うん。実は新人研修の時、プロジェクトチームが一緒だったんだよね。10年ぶりだよ。

（4）　〜の？　　　　　　　　　　　　　　　　→〜んですか

イントネーションを上げると軽く聞く印象を与える。イントネーションを下げると、驚きや、ややとがめている印象を相手に与えるので注意する。

提升語調時，給人以一種隨意問一下的印象。而降低語調時，則會給對方一種驚訝和稍帶譴責的印象，所以用起來要注意。

🔊 029

❶ A：　このお菓子、おいしいね！　どこで買ったの？
　　B：　駅ビルのデパート。すごい人気でさ、20分ぐらい並んだよ。
❷ A：　Bさんの財布って、すごい小さいね。現金、入ってないの？
　　B：　うん。いつもカードかスマホでしか払わないから。

（5）　〜んだ　　　　　　　　　　　　　　　　　→〜んです

事情や理由を説明したり、自分の意見や気持ちを強調したりしたい時に使う表現。

用於說明情況、理由，或想強調自己的意見和心情時的表現。

🔊 030

❶ A：　昨日、どうしてずっと連絡取れなかったの？
　　B：　ごめん。熱出して、起きられなかったんだ。
❷ A：　ねえ、この写真、見て。昨日、電車の中から富士山が見えたんだ。
　　B：　へえ、きれいに撮れてるね。

1. 知り合ったきっかけを聞く

打聽相識的機緣

🔊 031（友人A／友人B／友人C）　🔊 032（友人A）　🔊 033（友人B／友人C）

友人A	二人は、どこで知り合ったの？
友人B	SNS。
	オフ会のバーベキューで盛り上がってね。
友人C	そうそう。実は地元が同じってことがわかって。
友人A	へえ、そんなことってあるんだ。
友人B	うん、だからA君も何かイベントがあったら、行ってみたら。
友人A	そうだね……。

以下のような場面で話してみよう。

1. Aが、友人B、友人Cに知り合ったきっかけを聞く。
2. Aが、友人Bとその恋人Cに知り合ったきっかけを聞く。

A	二人は、（ いつ／どこで／何で ） 知り合ったの？
	什麼時候、在哪裡、為什麼
B	（ きっかけを答える ） 。
	回答相識的機緣
	（ 補足する ） 。
	補充
C	そうそう。 （ 追加説明をする ） て。
	補充說明
A	（ 感想を言う ） 。
	談感想
B	うん、（ 提案する ） 。
	提出建議
A	（ 答える ） 。
	回答

2. 生活習慣を尋ねる

打聽生活習慣

🔊 034（友人A／友人B）　🔊 035（友人A）　🔊 036（友人B）

友人A	ご飯、いつもどうしてるの？
友人B	コンビニ。外で食べんの面倒だし。
友人A	作んないの？
友人B	それ、もっと面倒。光熱費もかかるしね。
友人A	そうだよねー。うちの冷蔵庫ん中、水とアイスだけ。
友人B	うちはビールとマヨネーズだけだよ。

以下のような場面で話してみよう。

1. Aが洗濯について友人Bに聞く。
2. Aが掃除について友人Bに聞く。

A	（ 生活習慣 ）、　いつもどうしてるの？ 生活習慣
B	（ 答える ）。　　（ 理由を言う ）し。 回答　　　　　　　　談理由
A	（ 追加の質問をする ）の？ 進一步提問
B	（ 答える ）。　　（ 理由を言う ）しね。 回答　　　　　　　　談理由
A	（ 同意する ）。　（ 補足する ）。 同意　　　　　　　補充
B	（ 自分の習慣について話す ）よ。 談關於自己的習慣

語彙リスト

本文会話

1. めっちゃ ： 超、超級
2. 蒸し加減 ： 蒸的火候
3. シャリ ： 醋飯
4. 見習い ： 見習生
5. ベンチプレス ： 仰臥推舉
6. 聖地巡礼 ： 造訪動漫畫作品的背景地點
7. キャラ（が）立つ ： 個性突出

表現

1. 近々 ： 不久
2. 高麗人参 ： 高麗蔘
3. 面識（が）ある ： 認識
4. すごい人気◀すごく人気◀とても人気

談話練習

1. 作んないの？◀作らないの？／作らないんですか
2. 光熱費 ： 電費和瓦斯費
3. 冷蔵庫ん中◀冷蔵庫の中

二次会でもう少し相手を知る

在二次會上進一步了解對方

第2話

タスク

由利とアナの会話を聞いて、次のことを話し合ってみよう。

（解答例は巻末P166）

🔊037

1. 由利とアナについて、わかったことは何か。
2. アナはどんな表現やあいづちを使って由利に共感を示しているか。

25

🔊037

アナ	ねえ、スティーブと付き合っ**てんの?** (1)
由利	付き合う?! いやいや、**そんなんだったら** (2)、こんなとこに二人して来てないですよ。とっくに二人で住んでます。
アナ	確かに。
由利	アナさんこそ、なんでブラジルじゃなくて、日本で医者やってんですか。なんでゴージャスなマンションじゃなくて、こんなとこにいるんですか。
アナ	まあ、いろいろあってね。おいおい話すから。由利さんはなんでここに?
由利	近いから。職場に。朝7時から朝礼って、すっごいきつくて。
アナ	現場監督だ**もんね** (3)。頑固な職人さんまとめんの、大変**なんじゃない?** (4)
由利	そうなんですよー。一日中鉄骨運んでるほうがましかも。年上の人ばっかだし。
アナ	気を遣うってわけだ。
由利	そうです、そうです。結構、ストレス溜まるんですよ。
アナ	そうだよね。しんどくなったら、いつでも聞くよ。
由利	**そっか!** アナ先生に相談すれ**ばいいんだ** (5)! 精神科のお医者さんが診てくれるなんて。ここに来てよかった!
アナ	まさか、ただだと思ってないよね?
由利	えー?!

コミュニケーション上のポイント

共感を示すあいづちを打ちながら、相手に質問しよう！

二次会ではアナが由利に人間関係や仕事について少し突っ込んだ質問をしています。「～てるの？」よりも更に軽い「～てんの？」（1行目）という言い方で、相手の負担にならないように尋ねているのが特徴的です。相手の返答に対して「確かに。」（4行目）「～もんね。」（11行目）「そうだよね。」（16行目）など共感を示すあいづちを打ったり、言葉をかけたりすることによって、相手は次第に打ち解け、心の内を話すようになります。

一邊附和著表示同感，一邊來向對方提問吧！

在當天的二次聚會上，安娜很深入地就人際關係和工作等向由利提問。與「～てるの？」相比，更隨意的說法是「～てんの？」（第1行），其特點是不會給對方造成負擔。回應對方時，使用「確かに。」（第4行）「～もんね。」（第11行）「そうだよね。」（第16行）等加以附和，表示同感，從而使對方放鬆心情，敞開心懷，說出心裡話。

（1）〜てんの？ →〜ているんですか

理由など、自分の「知りたい」という気持ちを強調したい時に使う表現。

用於想要強調自己想知道理由等的心情時的表現。

🔊 038

❶ A： あれ？　なんで窓開いてんの？　寒いよ。

　B： さっき部屋入った時、変な臭いがしてさ。もう臭わないから閉めていいよ。

❷ A： はあ……。

　B： 何、さっきからため息ばっかついてんの？

　A： 株がすっごい下がっちゃってさ……。売っちゃったほうがいいか、このまま持ってたほうがいいか……。

（2）そんなんだったら

「もしそのような状況だったら、現状とは違う結果になっている」と言いたい時の表現。

想要述說"如果是那樣一種狀況，就會有與現狀不同的結果"時使用的表現。

🔊 039

❶ A： Bさんは日本語も英語もペラペラなんでしょう？

　B： そんなんだったら、今、こんな会社にいないよ。

❷ A： Bさんは生活費のやりくりとか、ちゃんとしてそうだよね。

　B： いやいや、そんなことないよ。そんなんだったら、きっと年1回は海外旅行に行けてるよ。

（3）〜もんね

「〜という理由で、相手の話に納得、共感できる」と言いたい時の表現。

想要述說"因為〜，所以理解對方所說的話，與對方有同感"時使用的表現。

🔊 040

❶ A： 課長、今日休みだって。

　B： ああ、娘さん具合悪いって、言ってたもんね。

❷ A： あー、阿佐ヶ谷の焼き肉の店、また今月も予約取れなかった！

　B： テレビに出てから、すごい人気だもんね。仕方ないよ。

(4) 〜んじゃない？

自分の意見をソフトに言いたい時に使う表現。

用於想委婉地表達自己的意見時的表現。

🔊 041

❶ A： こっちのジャケットとそっちのブルゾン、どっちがいいかな。

B： ブルゾンだね。たまにはスポーティーな感じもいいんじゃない？

❷ A： インフルエンザが流行ってるね。電車の中とか、ちょっと心配。

B： テレワークもできるんでしょ？ 無理に行かなくてもいいんじゃない？

(5) そっか、〜ばいいんだ

「〜すれば問題が解決する」と、解決策がひらめいた瞬間に使う表現。「そっか」は「そうか」のカジュアルな表現。

"如果做〜的話，問題就能解決"，用於突然想出了解決方法時。「そっか」「そうか」的隨意表現。

🔊 042

❶ A： 鶏肉1キロで850円かあ。安いけど、1キロなんて食べきれないし……。

B： 冷凍しとけば？

A： そっか、小分けして冷凍しておけばいいんだ！

❷ 店長： ホールのシフト、なかなか埋まらなくて困ってるんだよね……。バイトのみんな、大学の試験で忙しいからさ。

大山： 私、一応、接客の経験もありますけど……。

店長： そっか！ 大山さんに厨房と接客、両方やってもらえばいいんだ！ お願いしてもいいかな？

1. 親しい人と互いの恋愛話をする
與親密的人聊各自的戀愛故事

🔊 043（同僚A／同僚B） 🔊 044（同僚A） 🔊 045（同僚B）

同僚A	ねえ、営業部の山田さんとどうなの？ 付き合ってんの？
同僚B	そんなんじゃ、ないない。
	そんなんだったら、とっくに話してるよ。
同僚A	そっか。
同僚B	Aこそ、彼氏とどうなってんの？
同僚A	まあね。そのうち話すから。
同僚B	えー、もったいぶらないで教えてよ。

以下のような場面で話してみよう。
1. 飲み会で会った人とその後どうなったかについて、AがBに聞く。
2. 同窓会で、クラスメイトだった人との関係について、AがBに聞く。

A	ねえ、（ 人の名前 ） とどうなの？ 付き合ってんの？ 人的名字
B	そんなんじゃ、ないない。
	そんなんだったら、（ 自分の考えを言う ） よ。 談自己的想法
A	そっか。
B	Aこそ、（ 相手の恋愛について聞く ） の？ 打聽對方的戀愛狀況
A	まあね。そのうち話すから。
B	えー、もったいぶらないで教えてよ。

2. 親しい人に愚痴を言う

發牢騷給親密的人聽

🔊 046（友人A／友人B）　🔊 047（友人A）　🔊 048（友人B）

友人A	あー、もうやってらんない。
友人B	どうした？
友人A	うん、クレームが多くてさ。 こっちがいくら説明しても、全然ダメなんだ。
友人B	客だから文句言えないもんね。
友人A	そうなんだよ。
友人B	適当にガス抜きしたほうがいいよ。 一人で全部受け止めちゃうと、パンクしちゃうから。

以下のような場面で話してみよう。

1. Aが同僚Bに仕事の愚痴を言う。

2. AがバーのマスターBに仕事やプライベートの愚痴を言う。

A	あー、もうやってらんない。
B	どうした？
A	うん、（ 不満を言う ） てさ。 表示不満 （ 補足する ） んだ。 補充
B	（ 共感する ） もんね。 表示同感
A	そうなんだよ。
B	（ アドバイスする ） 。 出主意 （ 理由を言う ） から。 談理由

語彙リスト

本文会話

1. とっくに ： 很久以前
2. ゴージャスな ： 豪華
3. おいおい ： 不久、漸漸
4. すっごいきつい ◀ すごくきつい
5. 現場監督(げんばかんとく) ： 現場負責人
6. 鉄骨(てっこつ) ： 鋼筋
7. ばっか ◀ ばかり
8. しんどくなる ： 吃不消了
9. 精神科(せいしんか) ： 精神科
10. ただ ： 免費

表現

1. ため息(いき) ： 嘆氣
2. やりくり ： 籌劃
3. ブルゾン ： 拉鏈夾克衫
4. スポーティーな ： 便於活動的（服裝）
5. テレワーク ： 遠程辦公、居家辦公
6. 小分(こわ)けする ： 分成小份
7. ホールのシフト ： 大廳工作人員的排班
8. 接客(せっきゃく) ： 待客
9. 厨房(ちゅうぼう) ： 廚房

談話練習

1. そのうち ： 不久
2. もったいぶる ： 擺架子
3. やってらんない ◀ やっていられない ： 做不下去了
4. クレーム ： 索賠
5. ガス抜(ぬ)きする ： 減壓
6. パンクする ： 撐破

第3話
休日に気分転換
在假日時轉換心情

シーン1

行きつけの店でヘアスタイルを変える

在常去的店裡換個髮型

タスク

美容院での会話を聞いて、次のことを話し合ってみよう。　　　🔊049
（解答例は巻末P167）

1. アナの髪の悩みと希望は何か。
2. アナは何と言ってそのことを美容師に伝えているか。

🔊 049

アナ	こんにちは。
美容師	こんにちは！　伸びましたね。
アナ	でしょう？　もう、うっとうしくて……。
美容師	今日はどうされますか。
アナ	思い切って切っ**ちゃおうかなって**(1)。

5

美容師	肩ぐらい？
アナ	うーん、もっと。傷んでるからか、**最近なんだか**まとまりにくく**て**(2)……。
美容師	ちょっとパサついてますね。トリートメントしますか。
アナ	ううん、その部分は全部切ってもらって……。いっそショートにしちゃうっていうのもありかな。

10

美容師	うん、似合うと思いますよ。カラーはどうしますか。
アナ	うーん……。
美容師	例えば、あの受付にいるスタッフの色なんてどうですか。
アナ	茶色っていうより、グレーっぽい**っていうか**、シルバーっぽい**っていうか**(3)、そういう色のほうがいいかな……。

15

美容師	こちらの写真の色みたいな？
アナ	ああ、いい色だけど、**ちょっと**明る過ぎる**かも**(4)。**ここまで**明るく**なくてもいいんだけど……**(5)。
美容師	じゃあ……、こんな感じで？
アナ	うん、そう。いいですね。この色でお願いします。

20

美容師	わかりました。

- -

美容師	どうですか。鏡で確認してください。
アナ	あー軽くなった！　さっぱりした！　うん、いいですね。ありがとうございます！

25

美容師	よかったです。お疲れさまでした。

コミュニケーション上のポイント

店の人に困っていることや悩んでいること、迷っていることについてアドバイスをもらおう！

アナが美容師に対し、「思い切って切っちゃおうかなって。」（5行目）「最近なんだかまとまりにくくて……。」（7行目）と、髪についての自分の迷いや悩みを話しています。このように、わざわざ「あなたはどう思う？」と聞かなくても、自分の迷いや悩みを伝える形で、相手に専門的なアドバイスがほしいということを伝えることができます。

向店裡的人請教感到為難、煩惱、猶豫的問題。

「思い切って切っちゃおうかなって。」（想著是不是索性把頭髮剪短。）（第5行），「最近なんだかまとまりにくくて……。」（最近總覺得不好梳理……）（第7行），安娜對美容師說著自己關於髮型等的猶豫和煩惱。像這樣不用特意去問「あなたはどう思う？」（您覺得怎樣好？），也可以把自己的猶豫和煩惱等告訴給對方，以此向對方表達自己希望得到專業性的指導的願望。

35

（1）〜ちゃおうかなって　　　　　　　→〜てしまおうかなって

「少し迷いはあるが、思い切って〜しようと思う」と言いたい時の表現。

想要述說"自己雖然有些猶豫，但下決心準備去做〜"時使用的表現。

🔊050

❶ A：（Bのパソコンを覗いて）何、熱心に見てんの？

　　B：んー、いい部屋ないかと思って。今のとこ、もうすぐ更新だし、この際引っ越しちゃおうかなって。

　　A：そう。いいんじゃない？

❷ A：ここんとこ、元気ないんじゃない？　どうかした？

　　B：プロジェクトの担当、外されちゃってさー。いっそ会社、辞めちゃおうかなって。

　　A：そんな、早まらないでよ……。

（2）最近なんだか〜て

「理由ははっきりわからないが、最近〜の状態が続いている」と言いたい時の表現。

"雖然理由還不清楚，但最近〜的狀態一直在持續"，想就此予以說明時使用的表現。

🔊051

❶ A：課長、最近なんだかいつもイライラしてて……。やりにくいんだよね。

　　B：そう言われてみれば……。なんでだろうね？

❷ A：ワールドカップの決勝戦のチケット、当たったんだって？

　　B：うん。最近なんだかついててさー。

　　A：いいなー。

（3）〜っていうか、…っていうか

〜と言えばいいのか、…と言えばいいのか適切な表現が思いつかない時の表現。

是說〜好呢，還是說…好呢，在想不出更為貼切的表達時使用的表現。

🔊052

❶ A：ネットアイドルのさやかちゃん。ほわーんとした感じで、いいよね。

　　B：そうそう。無邪気っていうか、天然っていうか……。いいよなあ。

❷ A： ワークショップ行ったんだって？　クリエイター向けのって、何か特別なことやんの？

B： なんと！　いきなりみんなでヒップホップダンス。その次はクイズ。で、最後にセミナー。頭を柔らかくするためなんだって。

A： へー、型破りっていうか、無茶苦茶っていうか、変わってるね。

（4）ちょっと〜かも

相手の提案や意見に同意できない場合、それに対する話し手の意見を柔らかく述べる時の表現。

在不能同意對方的建議和意見的場合，說話人以委婉的語氣來陳述自己的意見時使用的表現。

🔊053

❶ A： 日曜日のお花見だけど、待ち合わせ、10時にしない？

B： ちょっと早いかも。多分起きらんない。

❷ A： 新人歓迎会、この店どう？　たまにはちゃんとしたとこもいいかなって。

B： 一人2万円?!　ちょっと予算的に無理があるかも。新メンバーの分はこっち持ちだし。

（5）ここ／そこまで〜なくてもいいんだけど……

「相手の提案や行動は行き過ぎている」と、柔らかく否定する時の表現。

委婉地就對方過分的建議和行為等予以否定時使用的表現。

🔊054

❶ A： ルームシェアのルール、わかりやすいようにいっぱい貼っといたからね。各部屋でしょ。リビングと洗面所とトイレと。それから……。

B： そこまでしなくてもいいんだけど……。

❷ （家電量販店で）

A： 買い替えるなら、これがいいよ。見て、この電子レンジ、すごいよ。

B： 一人暮らしだから、ここまで高性能じゃなくてもいいんだけど……。

1. 店で悩みを相談する

和店員商量煩惱

🔊 055（客／店のスタッフ）　🔊 056（客）　🔊 057（店のスタッフ）

（マッサージ店で）

客	最近なんだか肩のこりがひどくて……。
店のスタッフ	そうですね……特に首のこの辺り、ガチガチですね。
客	1回来ただけじゃほぐれないから、回数券買っちゃおうかなって……。
店のスタッフ	定期的にいらっしゃれば、楽になっていくと思いますよ。まずは5回分、購入されてはどうですか。
客	そうですね。じゃ、そうします。

以下のような場面で話してみよう。

1. 美容院で、客Aが、頭皮の臭いが気になることをスタッフBに相談する。
2. 靴屋で、客Aが、自分に合う靴が見つからないことについて、スタッフBに相談する。

A	最近 （ 悩みを相談する ） て……。 商量煩惱
B	（ 失礼のないように同意する ） 。 不失禮地表示同意
A	（ 自分が思っている解決方法を投げかける ） ちゃおうかなって……。 提出自己思考的解決辦法
B	（ 勧める ） 。 勧說 （ 提案する ） 。 提出建議
A	（ 同意して提案を受け入れる ） 。 同意並接受建議

2. 店の提案を受けて、自分の希望を伝える
接受店方的建議，告知自己的希望

🔊058（店のスタッフ／客）　🔊059（店のスタッフ）　🔊060（客）

（マッサージ店で）

店のスタッフ	肩こり、しっかり治したいんでしたら、回数券を購入して定期的にいらっしゃるのはどうですか。
客	回数券かあ……。忙しいからちょっと有効期限内に使いきれないかも……。
店のスタッフ	有効期限は1年ありますから。とりあえず、10回券なんてどうですか。
客	そこまでしっかりやらなくてもいいんだけど……。
店のスタッフ	じゃあ、5回券を購入して、少しずつ様子を見るのはどうですか。
客	そうですね。じゃあ、そうします。

以下のような場面で話してみよう。

1. 頭皮の臭いの悩みについて、店のスタッフAの提案を受け、客Bが自分の希望を伝える。
2. 自分に合う靴が見つからないことについて、店のスタッフAの提案を受け、客Bが自分の希望を伝える。

A	（ 客の悩み ） んでしたら、（ 提案する ） のはどうですか。
	顧客的煩惱　　　　　　　　　　　提出建議
B	（ 提案について考える ） かあ……。（ 懸念する ） かも……。
	思考提出的建議　　　　　　　　　擔心
A	（ 客の不安を払しょくするコメントをする ） 。
	為了消除顧客的不安作出的評論
	（ 新しい提案をする ） なんてどうですか。
	提出新的建議
B	そこまで （ やり過ぎだと言う ） なくてもいいんだけど……。
	說做得過分了
A	じゃあ、（ 別の提案をする ） 。
	提出另外的建議
B	そうですね。じゃあ、そうします。

語彙リスト

本文会話

1. うっとうしい ： 不舒服、煩人的
2. 傷んでる ◀傷んでいる ： 有損傷
3. パサつく ： （頭髪）乾枯毛躁
4. トリートメントする ： 護髪
5. いっそ ： 索性
6. 〜のもあり ： 〜也可以
7. さっぱりする ： 俐落

表現

1. この際 ： 這種場合
2. ここんとこ ◀ここのところ
3. 外される ： 被排除，被解除（職務）
4. 早まる ： 倉促
5. イライラする ： 焦躁
6. ついている ： 運氣好
7. ネットアイドル ： 網紅
8. ほわーん ： 鬆軟貌
9. 無邪気な ： 純真
10. 天然な ： 天然呆
11. ワークショップ ： 研討會
12. クリエイター ： 創作家
13. やんの？ ◀やるの？ / やるんですか
14. 型破りな ： 打破常規
15. 無茶苦茶な ： 毫無章法
16. 起きらんない ◀起きられない
17. 予算的に ： 從預算上（來考慮）
18. こっち持ち ： 這邊付錢
19. 貼っといた ◀貼っておいた /
    貼っておきました
20. 高性能 ： 高性能

談話練習

1. 肩（の）こり ： 肩膀酸痛
2. ガチガチ ： 堅硬
3. ほぐれる ： 緩解

谷根千ぶらぶら

逛谷根千

タスク

店での会話を聞いて、次のことを話し合ってみよう。　🔊061

（解答例は巻末P167）

1. アナはどんな店で、何を購入したか。

2. 商品について、アナは何と言って気になる点を店員に伝えている

　　か。

アナ	すみません。この写真の竹細工のお店って、こちらですか。
店のおじさん	そう。うち。よかったら、中入って見**てって**(1)。
アナ	はい。うわー、すごいたくさんあるんですね。
店のおじさん	手に取って見ていいからね。
アナ	かわいい！　これ、何に使うんですか。
店のおじさん	それは箸置き。フォークやスプーンも置けるよ。
アナ	いいですね。うちのお土産、これにしようかな。でも箸置き**ばっかっていうのも……**(2)。あ、あのかごバッグもかわいいですね。ママ、使うかな……。
店のおじさん	別に、かばんとして使わなくてもいいんじゃない？　通気性がいいから、家で収納としても使えるよ。
アナ	それ、いいですね。
店のおじさん	うちは台所で野菜入れてるよ。
アナ	そっか。いろんな使い道がありそうですね。あ、あのざる。あれでパスタの湯切りしたり、洗った食器入れたりできるか……。
店のおじさん	**ね、**いろいろ使える**でしょう？**(3)　何に使うか、自分で考えるのも楽しいよ。
アナ	そうですね。全部ほしいけど、予算がなあ……。ま、いっか、全部買っ**ちゃお**(4)！　すみません。この箸置き5個と、かごバッグは大きいのと小さいの一つずつ。それからあのざる、2枚ください。
店のおじさん	はい、ありがとうございます。
アナ	おじさん、たくさん買ったからサービスしてくれない？
店のおじさん	うーん、じゃあ、このざる、1枚おまけ。
アナ	わー、ありがとうございます！

コミュニケーション上のポイント

独(ひと)り言(ごと)につける文末表現(ぶんまつひょうげん)「〜か……」

アナが店(みせ)でざるの使(つか)い方(かた)についていろいろ考(かんが)えている時(とき)、「あれ（＝あのざる）で〜できるか……。」（14〜15行目(ぎょうめ)）とつぶやいています。この「〜か……」は独(ひと)り言(ごと)で、例(たと)えば「このお土産(みやげ)はあの先輩(せんぱい)に買(か)うか……」「今日(きょう)は早(はや)く帰(かえ)るか……」などと使(つか)います。目(め)の前(まえ)の相手(あいて)に直接(ちょくせつ)アドバイスを求(もと)めているわけではありませんが、それを聞(き)いた人(ひと)が後押(あとお)しするようなあいづちを適切(てきせつ)に打(う)てると、よい関係(かんけい)を作(つく)ることができます。

自言自語時放在句尾的表現「〜か……」

安娜在店裡一邊想著笊籬的用處，一邊嘟嚷著「あれ（＝あのざる）で〜できるか……。」（那個（＝那個笊籬）能〜……）（第14〜15行）。這裡的「〜か……」是自言自語，比如「このお土産はあの先輩に買うか……」（這個特產買給那個前輩吧……）「今日は早く帰るか……」（今天早點回去吧……）等。雖然不是在直接讓跟前的人為自己出主意，但聽到的人如果恰如其分的做出積極的回應，就會營造一種很好的關系。

43

（1） ～てって　　　　　　　　→～ていってください

<ruby>人<rt>ひと</rt></ruby>に<ruby>何<rt>なに</rt></ruby>かを<ruby>勧<rt>すす</rt></ruby>める<ruby>時<rt>とき</rt></ruby>に<ruby>使<rt>つか</rt></ruby>う<ruby>表現<rt>ひょうげん</rt></ruby>。

用於勸人做某件事時的表現。

🔊062

❶　（お<ruby>見舞<rt>みま</rt></ruby>いで）

　　A： はい、これ、<ruby>頼<rt>たの</rt></ruby>まれたもの。

　　B： サンキュー。

　　A： まあ<ruby>大<rt>たい</rt></ruby>したケガじゃなくてよかったよ。じゃあ、お<ruby>大事<rt>だいじ</rt></ruby>に。

　　B： もう<ruby>帰<rt>かえ</rt></ruby>んの？　コーヒーぐらい<ruby>飲<rt>の</rt></ruby>んでって。

❷ A： うちで<ruby>取<rt>と</rt></ruby>れた<ruby>柚子<rt>ゆず</rt></ruby>なんだけど、たくさんあるから、よかったらおうちに<ruby>持<rt>も</rt></ruby>ってって。

　　B： わー！　うれしい！　ありがとう！

（2） ～ばっかっていうのも……　　　→～ばかりというのも……

「～ばかりであまりよくない」と<ruby>言<rt>い</rt></ruby>いたい<ruby>時<rt>とき</rt></ruby>の<ruby>表現<rt>ひょうげん</rt></ruby>。

想要說"光～不太好"時使用的表現。

🔊063

❶ A： バーベキューの<ruby>肉<rt>にく</rt></ruby>、これくらいあればいいよね。

　　B： うん。<ruby>野菜<rt>やさい</rt></ruby>は？　<ruby>肉<rt>にく</rt></ruby>ばっかっていうのも……。

❷ A： <ruby>仕事<rt>しごと</rt></ruby>、<ruby>忙<rt>いそ</rt></ruby>しそうだね。<ruby>充実<rt>じゅうじつ</rt></ruby>してていいね。

　　B： まあやりがいはあるし、<ruby>仕事<rt>しごと</rt></ruby>には<ruby>満足<rt>まんぞく</rt></ruby>してるよ。でも<ruby>仕事<rt>しごと</rt></ruby>ばっかっていうのも……。

(3) ね、〜でしょう？

相手に同意を求めたり、確認したりする時の表現。自分の考えと同じであると期待する気持ちがある。

徴求對方同意、或向對方確認時使用的表現。包含有期待對方與自己的想法一致的心情。

🔊064

❶ A： Bさんに教えてもらったアメリカのドラマ、見たよ。すっごい面白かった！

　B： ね、最高だったでしょう？

❷ A： このゲーム、攻略するのに2時間もかかったよ。

　B： ね、だから難しいって言ったでしょう？

(4) 〜ちゃお　　　　　　　　　　　　　　　→〜てしまおう

「思い切って〜しよう！」と自らを後押しするニュアンスがある。

"豁出去做〜吧！（痛痛快快地做〜吧！）"，包含有給自己打氣加油的微妙感覺。

🔊065

❶ A： ダイエット中だけど……あー、我慢できない！　デザートも食べちゃお。

　B： だからやせられないんじゃない……。

❷ A： 展示会、やっと終わったね。長かったー！

　B： うん！　打ち上げしようよ!!　今日は思いっきり遊んじゃお！

1. 旅先でお土産について質問する

在旅遊景點打聽當地特產

🔊 066（客／店のスタッフ）　🔊 067（客）　🔊 068（店のスタッフ）

客	これって、何に使うんですか。
店のスタッフ	それは温泉の素。うちのお風呂でも温泉が楽しめますよ。
客	それはいいですね。 どうやって使うんですか。
店のスタッフ	お湯にただ入れるだけ。 うちにいながらにして全国の温泉巡りができますよ。
客	へー、いろんな種類があるんだ。どれにしようかな。
店のスタッフ	セットだとお得ですよ。お土産にも喜ばれますよ。
客	そっか、じゃ、セットで買っちゃお！

以下のような場面で話してみよう。
1. 客Aが、店で売っている布でできたかばんについてスタッフBに質問する。
2. 客Aが、店にあるいろいろな食べ物についてスタッフBに質問する。

A	これって、（ 商品について尋ねる ）　んですか。 關於商品的詢問
B	それは （ 答える ）　。　　（ 商品のアピールをする ）　よ。 　　　　回答　　　　　　　　宣傳商品的魅力
A	（ 感想を言う ）　。 談感想 （ 商品について更に尋ねる ）　んですか。 進一步就商品加以詢問
B	（ 説明する ）　。 說明 （ 商品のアピールをする ）　よ。 宣傳商品的魅力
A	へー、（ 感心する ）　。　（ 迷う ）　かな。 　　　　讚嘆　　　　　　猶豫
B	（ 勧める ）　よ。　　（ 更に勧める ）　よ。 勧說　　　　　　　進一步勧說
A	そっか、じゃ、（ 決める ）　ちゃお！ 　　　　　　決定

2. 市場で店の人と会話を楽しむ

在市場和店裡的人愉快地交談

🔊 069（市場のおじさん／客）　🔊 070（市場のおじさん）　🔊 071（客）

市場のおじさん	これ、試食してって。
客	どうも。あ、おいしい。これ何ですか。
市場のおじさん	鮭とば。鮭を干したの。
客	いろんなお酒に合いそうですね。
市場のおじさん	そう。ビールならそのまま、ワインならバター焼きもいいよ。レモン搾ってもいけるし。
客	いいですね。でもたくさん買うには、結構値段がなあ……。おじさん、まけてくれない？
市場のおじさん	わかった。じゃあ、5袋買ったら、1袋、サービスするよ。
客	ありがとう！　じゃあ、5袋ください。

以下のような場面で話してみよう。

1. 市場でお茶のお店をやっているおじさんAに、客Bが試飲を勧められる。
2. 市場でお土産屋をやっているおじさんAに、客Bが試食を勧められる。

A	これ、（ 勧める ）てって。 勧說
B	どうも。あ、おいしい。これ、何ですか。
A	（ 答える ）。　　（ 商品について説明する ）。 回答　　　　　就商品進行說明
B	（ 感想を言う ）。 談感想
A	そう。（ 商品のアピールをする ）よ。 宣傳商品的魅力 （ 更に商品のアピールをする ）し。 進一步宣傳商品的魅力
B	いいですね。でも（ 懸念する ）なあ……。 擔心 おじさん、（ 交渉する ）てくれない？ 交涉
A	わかった。じゃあ、（ サービスする ）よ。 提供優惠
B	ありがとう！　じゃあ、（ 決める ）ください。 決定

語彙リスト

本文会話

1. 竹細工（たけざいく） ： 竹器工藝
2. 箸置き（はしお） ： 筷子架
3. かごバッグ ： 竹編包
4. 通気性（つうきせい） ： 透氣性
5. 収納（しゅうのう） ： 收納
6. ざる ： 笸籮、笊籬
7. 湯切りする（ゆぎ） ： 控水
8. 予算（よさん） ： 預算
9. おまけ ： 贈品、額外優惠

表現

1. 大した（たい） ： 了不起的
2. 帰んの？（かえ） ◀ 帰るの？（かえ） / 帰るんですか（かえ）
3. ゆず ： 香橙
4. 充実する（じゅうじつ） ： 充實
5. 攻略する（こうりゃく） ： 攻略

談話練習

1. 温泉の素（おんせん・もと） ： 溫泉入浴劑
2. いながらにして ： 在～就～
3. 温泉巡り（おんせんめぐ） ： 溫泉之旅
4. いける ： 不錯
5. まける ： 減價

第4話

同僚と客先回り

和同事一起拜訪顧客

シーン1

訪問前の不安を解消する

消除訪問前的不安

タスク

先輩社員松坂とチョウの会話を聞いて、次のことを話し合ってみよう。　🔊072
（解答例は巻末P167）

1. 先輩社員松坂とチョウは、遅刻をすることについてそれぞれどの
   ように思っているか。
2. それはどんな発言からわかるか。

🔊072

（電車内のアナウンス）
ただいま、次の四ツ谷駅で緊急停止ボタンが押されました。お急ぎのところ申し訳ありませんが、安全確認のため、しばらくお待ちください。

松坂	おいおい、こんなとこでなんだよー。勘弁してくれよー……。	
チョウ	すぐ動きますよ。大丈夫大丈夫。	5
松坂	大丈夫ってさ……大丈夫じゃなかっ**たらどうすんの？** (1)　今日だけは何があっても遅れるわけにはいかないんだから。あー、やな感じする。まだかよ……。あー、胃が痛くなってきた……。	
チョウ	遅れたら先方に理由を言えば、わかってくれます**って** (2)！	
松坂	いやいやいや、**そういうもんじゃないでしょ** (3)。	10
チョウ	えー、そういうもんっすよ。	
松坂	いやいや、チョウさんはのん気だなー。これから交渉する**ぞって時に** (4)、「遅れてすいませーん」じゃあ、スタートでつまづくのと一緒でしょ。	
チョウ	**それはそれ、これはこれ** (5) じゃないんですか。	15
松坂	いやいやいや、そういうもんじゃないんだって。あ、動いた!!　動いたー!!　あー、よかったー。	
チョウ	よかったですね！　今日の交渉、うまくいきますって！	
松坂	そうだな。そんな気がすんな！	

コミュニケーション上のポイント

仲間を気遣う言葉をかけてみよう！

取引先へ向かう途中で電車が止まってしまい、約束の時間に遅れることを心配している松坂に対し、チョウが「大丈夫大丈夫。」（5行目）と声をかけています。このように、仲間が心配していたり、また、落ち込んでいたり、自信を失っていたりする時に、「やれるやれる」「できるできる」「いけるいける」「問題ない問題ない」「気にしない気にしない」などのように同じ言葉を重ねて使って、仲間を気遣ってみましょう。

對朋友說句關心的話

在前往業務對象的路上，電車停了，小趙安慰擔心會誤了約好時間的松坂說：「大丈夫大丈夫」（沒關係，沒關係）（第5行）。像這樣，在朋友感到擔心，或者情緒低落，亦或是失去信心時，讓我們試著用「やれるやれる」（能做到，能做到）「できるできる」（可以做到，可以做到）「いけるいける」（能行，能行）「問題ない問題ない」（沒問題，沒問題）「気にしない気にしない」（別在意，別在意）這樣重複同一詞彙的說法來表示一下對朋友的關心。

（1）〜たらどうすんの？　　　　　　　　→〜たらどうするの？

よくない結果になることを心配して再考を促したい時の表現。

擔心會有不好的結果，想督促對方再好好考慮一下時使用的表現。

🔊073

❶ A： この仕事、新人にやらせてみたいんだけど……。
　 B： まだ早いでしょ。もし何か問題起こして、お客さんからクレーム来たらどうすんの？
　 A： まあ、そうならないように、常にフォローするから。
❷ A： うちも部屋にレゴ飾りたいなあ。
　 B： うちは猫飼ってるんだから。猫がレゴを倒しちゃったらどうすんの？
　 A： そうだなあ……。

（2）〜って

自分の意見を強く主張したい時に使う表現。「大丈夫だよ」と励ましたい時にもよく使われる。

用於想強烈主張自己意見時的表現。想鼓勵他人「大丈夫だよ」（絕對沒問題）時也常常使用這一表現。

🔊074

❶ A： 試合開始まであと30分かあ……。ヤバい。緊張してきた。
　 B： 大丈夫、勝てるって！　何のために1年間毎日練習してきたの！
❷ A： X社から連絡来ないね……。うちのプレゼン、採用されなかったのかな……。
　 B： いやいや、どう考えても、うちのが一番よかったに決まってるって！　もうちょっと待ってみようよ。

（3）そういうもんじゃないでしょ　　→そういうものではないでしょう

相手の言っていることが「常識的であると思えない」と言いたい時に使う。

用於想指出對方所說的事情"我不認為這是常識"時。

🔊075

❶ A： あ、しまった！　名刺持ってくんの、忘れちゃった！
　 B： お客さんに「名刺切らしちゃってる」って言えばいいんじゃないですか。
　 A： いやいや、そういうもんじゃないでしょ。アポまでまだ時間あるから、会社に戻って取ってくるよ。

❷ A： Bさん、今年の健康診断、もうやった？

B： いや、忙しくて多分、今年は行けないなあ。ま、どこも調子悪くないし、来年やればいいかな。

A： そういうもんじゃないでしょ。自覚症状ないだけかもしれないし。ちゃんと年1回は受けといたほうがいいよ。

（4）～ぞって時に

強い気持ちで「やる」と決心した時に、その気持ちを削ぐようなことが起きると言いたい時の表現。

想要述說正當自己決意要去 "做" 時，卻發生了削弱這一意志的事情時使用的表現。

🔊076

❶ A： 昨日のデート、どうだった？　告白、うまくいった？

B： それが……。今から告白するぞって時に、親から電話かかってきちゃって……。

A： あー、タイミング悪かったね。

❷ A： Bさん、先方へ行く前に、軽く食べておきません？

B： 私はいいや……。これからあの怖ーい白石部長のところへ交渉に行くぞって時に、食べて眠くなっちゃったら大変だから。

（5）それはそれ、これはこれ

「それとこれは同じような問題に見えるが、実は全く違う問題だ」と言いたい時の表現。

想要述說 "這個和那個看起來好像是一樣的問題，但其實是完全不同的問題" 時使用的表現。

🔊077

❶ A： 会社の同僚がお菓子くれたの。お茶入れて、一緒に食べよう！

B： あれ？　昨日、「しばらくお菓子控える」って言ってなかった？

A： それはそれ、これはこれ。せっかくくれたのに、食べなかったらもったいないじゃない。

❷ A： 何、このファイリングの仕方。商品別に並べないと、わかりにくくて、お客さん、見てくれないよ。

B： えー、先輩、この間は「日付順に並べればいい」って……。

A： それはそれ、これはこれ。お客さんに見せるもんなんだから。

1. 不安になっている相手を励ます
勉勵心情不安的夥伴

🔊 078（同僚A／同僚B）　🔊 079（同僚A）　🔊 080（同僚B）

同僚A	あー緊張してきた。 失敗したらどうしよう？
同僚B	大丈夫だって！ あんなにプレゼンの練習したんだから。
同僚A	大丈夫ってさ……。 契約取れなかったら、どうすんの？
同僚B	そん時はそん時だよ。なるようにしかならないって。
同僚A	そうだな。
同僚B	そうだって！　だから頑張れ！

以下のような場面で話してみよう。
1. これから就職の面接を受ける友人AをBが励ます。
2. オーディションを受ける前の友人AをBが励ます。

A	あー　（ 不安な気持ちを伝える ）　てきた。 訴說不安的心情 （ 不安な気持ちを具体的に伝える ）　たらどうしよう？ 具體地訴說不安的心情
B	（ 励ます ）　って！ 鼓勵 あんなに　（ 根拠を述べる ）　んだから。 談根據
A	（ 相手の気になる発言を引用する ）　ってさ……。 引用對方發言中自己感到不安的部分 （ 反論する ）　たら、どうすんの？ 反駁
B	そん時はそん時だよ。なるようにしかならないって。
A	そうだな。
B	そうだって！　だから頑張れ！

2. 悩んでいる相手を励ます
勉勵煩惱中的夥伴

🔊081（同僚A／同僚B）　🔊082（同僚A）　🔊083（同僚B）

同僚A	どうした？　元気ないね。
同僚B	今月もノルマ達成できなくてさ……。
同僚A	先月よりよかったじゃない。
	結果は出てるんだから。
同僚B	そういうもんじゃないでしょ。
同僚A	そういうもんだよ。頑張っていることは、みんなわかってるって。
同僚B	ありがとう。

以下のような場面で話してみよう。
1. Aが、結婚すべきか悩んでいる友人Bを励ます。
2. Aが、チームの人間関係がよくなくて悩んでいる同僚Bを励ます。

A	どうした？　元気ないね。
B	（ 悩みを話す ）　てさ……。 談煩惱
A	（ 事実を指摘して励ます ）　じゃない。 指出事實予以鼓勵 （ 更に励ます ）　んだから。 進一歩鼓勵
B	そういうもんじゃないでしょ。
A	そういうもんだよ。　（ 励ます ）　って。 鼓勵
B	ありがとう。

本文会話

1. 緊急停止ボタン ： 緊急停止按鈕
2. 勘弁してくれ ： 饒了我吧
3. やな感じ ◀ 嫌な感じ
4. 先方 ： 對方
5. のん気な ： 沉著
6. つまづく ： 受挫
7. 気がすんな ◀ 気がするな / 気がしますね

表現

1. レゴ ： 樂高
2. ヤバい ： 糟了
3. 持ってくんの ◀ 持ってくるの
4. 名刺（を）切らす ： 名片已用光
5. 自覚症状 ： 主觀症狀
6. 控える ： 節制
7. ファイリング ： 文件編排

談話練習

1. そん時 ◀ その時
2. ノルマ：業績目標

うわさ<ruby>話<rt>ばなし</rt></ruby>をする

談論傳聞

タスク

<ruby>先輩社員松坂<rt>せんぱいしゃいんまつざか</rt></ruby>とチョウの<ruby>会話<rt>かいわ</rt></ruby>を<ruby>聞<rt>き</rt></ruby>いて、<ruby>次<rt>つぎ</rt></ruby>のことを<ruby>話<rt>はな</rt></ruby>し<ruby>合<rt>あ</rt></ruby>ってみよう。　　◁))084

（<ruby>解答例<rt>かいとうれい</rt></ruby>は<ruby>巻末<rt>かんまつ</rt></ruby>P167）

1. <ruby>先輩社員松坂<rt>せんぱいしゃいんまつざか</rt></ruby>とチョウが、<ruby>岡野部長<rt>おかのぶちょう</rt></ruby>のうわさ<ruby>話<rt>ばなし</rt></ruby>を<ruby>始<rt>はじ</rt></ruby>めたきっかけは<ruby>何<rt>なに</rt></ruby>か。

2. そのうわさはどんな<ruby>内容<rt>ないよう</rt></ruby>か。

🔊 084

松坂	まあ、とりあえず、今日のところはよかったな。
チョウ	まずまずってとこですね。
松坂	うん。まだ先は長いけどな。そういえばさ、今日、岡野部長、なんていうか、いつもと様子違ってたと思わない？　ずいぶんご機嫌っていうか……あんまネチネチ言ってこなかったし。
チョウ	**なんか、**結婚した**らしいですよ** (1)。
松坂	えーっ?!　結婚!!　だって、あの人、もう50過ぎてた**んじゃなかったっけ？** (2)
チョウ	関係ないんじゃないっすか。人生100年って言うでしょ。
松坂	えー、それにしても……いや一驚いたな。相手、どんな人？
チョウ	さあ……合唱サークルの人なんじゃないかな。
松坂	えー?!　岡野部長、合唱やってんの！
チョウ	そう**みたいですよ** (3)。
松坂	そっかー、そうなのかー……でも、なんでチョウさんそんな他社の人のこと知ってんの？
チョウ	院の研究室の先輩が、岡野部長と合唱サークルが一緒なんです。それで。
松坂	へえー、チョウさん、情報通**じゃん** (4)。
チョウ	そんなことないですよ。

5

10

15

コミュニケーション上のポイント①

うわさをする時によく使われる返答の表現 「さあ……」

岡野部長の結婚について松坂が「相手、どんな人？」（10行目）とチョウに突っ込んで聞いた時、チョウは「さあ……合唱サークルの人なんじゃないかな。」（11行目）と答えています。この「さあ……」は「私はよくわからないけど」という意味で、あとに続く内容をはっきり言いたくない時に使います。情報に責任を持ちたくないという気持ちも含まれています。

回應傳聞時常用的表現「さあ……」

關於岡野部長結婚的事，松坂刨根問底地向小趙打聽「相手、どんな人？」（對方是什麼樣的人？）（第10行）時，小趙回答說：「さあ……合唱サークルの人なんじゃないかな。」（嗯，好像是合唱團的人吧。）（第11行）。這個「さあ……」的意思是"我不太清楚"，用於在不想明確說出後續內容時。也包含有不想對信息內容承擔責任的心情。

コミュニケーション上のポイント②

「～じゃん」に注意しよう！

松坂がチョウに対して「へえー、チョウさん、情報通じゃん。」（18行目）と言っているように、「～じゃん」は、相手に確認や同意を求める文末表現です。「～でしょ」「～じゃない」より更にくだけた言い方で、友達同士の会話で大変よく使われます。しかし、「～さ」の使い方同様、どんなに親しくても先輩や上司に使うと失礼な印象を与えてしまうので注意が必要です。

注意一下「～じゃん」的用法！

就如松坂對小趙說的「へえー、チョウさん、情報通じゃん。」（欸，小趙，你消息很靈通啊。）（第18行），「～じゃん」是要求對方加以確認，或表示同意的句尾表現。是比「～でしょ」「～じゃない」更為隨意的說法，經常用於朋友之間的對話。但是，與「～さ」的用法相同，需要注意的是，無論多麼親近，如果用於前輩和上司都會給人留下失禮的印象。

（1）　なんか、～らしいよ

本当のことかどうか断定はできないが、うわさなど、他の人から聞いたことをソフトに伝えたい時の表現。

想要把自己從別人那裡聽到的、自己也無法判斷真假的傳聞等委婉地告訴別人時使用的表現。

🔊085

❶ A：　最近、Cさん、付き合い悪いよね。飲みに誘っても、全然来ないし。

　　B：　なんか、副業で漫画描き始めたらしいよ。ネットで連載も持ってるって。

　　A：　えっ、そうなの？　どのサイト?!

❷ A：　最近、あの店のお弁当、種類減ったよね。1時頃行くと、もう売り切れてて買えないことも多くなったし。

　　B：　なんか、ご主人が倒れて、大変らしいですよ。

　　A：　えっ、じゃあ、奥さん一人で作ってるってこと？

（2）　～んじゃなかったっけ？

「確か～だったよね」と自分が知っている情報「～」が正しいか、確認のために尋ねる時の表現。

"確實是～吧"，是為了確認自己得知的信息"～"是否準確，而去詢問別人時使用的表現。

🔊086

❶ A：　あれ?!　終電行っちゃった?!　最終って12時55分なんじゃなかったっけ？

　　B：　ねえ、見て！　ここに先週ダイヤ改正したって書いてある！　最終、12時50分だって。

　　A：　えっ、そうなの?!　どうしよう……。

❷ A：　あのさ、5月に結婚式やることになったから、出席してもらいたいんだけど……。

　　B：　あれ？　籍だけ入れて、結婚式はしないんじゃなかったっけ？

　　A：　そのつもりだったんだけど……。親がやれっってうるさくてさ。家族と親しい友人だけ呼んでやることにしたんだ。

（3）　〜みたいだよ

確かかどうかわからないが、外から得た情報を相手に伝えたい時の表現。

雖不知道是否真實，但想要把從外部獲得的信息告訴給對方時使用的表現。

🔊 087

❶ A： Cさんっていつもおしゃれだよね。あの着こなし、参考になるなあ。
　 B： 学生ん時、読者モデルやってたみたいですよ。
❷ A： Cさんさ、メールの返事遅くなったよね。返信の文もそっけないし。
　 B： 仕事、大変なんだって。新しい上司がちょっとやっかいな人みたいだよ。

（4）　〜じゃん　　　　　　　　　　　　　→〜じゃない

相手に自分のコメントや情報を伝えて、確認や共感を求めたい時に使う表現。「へえ」「結構」などと一緒に使って、驚きを表すこともできる。

用於把自己的評論和信息告訴對方，希望得到確認或同感時的表現。和「へえ」「結構」等一起使用也可以表示驚訝。

🔊 088

❶ A： ねえねえ、今週お花見行くじゃん？　買い出しとか場所取り、どうする？
　 B： うーん、人数にもよるしなー。ちょっと幹事に聞いとくよ。
❷ A： この間、汚しちゃったズボン、シミ、落ちた？
　 B： うん。何とか。ちょっとうっすら残っちゃったけど。今日穿いてるの、その時のだよ。
　 A： へえ、結構きれいに落ちてるじゃん。言われないとわかんないよ。

1. 様子がいつもと違う人のことを話す
談論與平時有些異樣的人的事情

🔊 089（先輩／後輩）　🔊 090（先輩）　🔊 091（後輩）

先輩	最近、山田さん、機嫌いいと思わない？
後輩	なんか、宝くじ、当たったらしいですよ。
先輩	えー！　当たったって、いくら？
後輩	そんなの知らないですよ。でも機嫌いいんだから、
	それなりなんじゃないっすか。
先輩	えー、そうなのか。じゃあ、おごってもらおう。
後輩	そうですね。

以下のような場面で話してみよう。
1. 先輩Aが、元気がない同僚のことについて、後輩Bに話す。
2. 先輩Aが、最近あか抜けてきれいになった同僚のことについて、後輩Bに話す。

A	最近、（ 人の名前 ）さん、（ 最近の印象を話す ）と思わない？ 　　　　人的名字　　　　　　　談最近的印象
B	なんか、（ 聞いた話を伝える ）らしいですよ。 　　　傳達聽到的話
A	えー！　（ 具体的に聞く ）？ 　　　　具體打聽
B	そんなの知らないですよ。でも（ 最近の印象を話す ）んだから、 　　　　　　　　　　　　　　　　談最近的印象
	（ 自分の考えを言う ）んじゃないっすか。 談自己的想法
A	えー、そうなのか。じゃあ、（ 提案する ）う。 　　　　　　　　　　　　提出建議
B	そうですね。

2. うわさ話をする

談論傳聞

🔊 092（同僚A／同僚B）　🔊 093（同僚A）　🔊 094（同僚B）

同僚A	ねえねえ、聞いた？　山田さん、 辞めるんだって。
同僚B	えーっ！ だって、来週から大阪支店に転勤するんじゃなかったっけ？
同僚A	うん、それが嫌だったらしいよ。転職するみたい。
同僚B	えー、そうなの。全然知らなかった。ずいぶん詳しいじゃない。
同僚A	山田さんの上の井上さんから聞いたんだ。
同僚B	へえー、情報通じゃん。

以下のような場面で話してみよう。
1. 担当していた仕事から外された同僚について、AとBがうわさ話をする。
2. 同僚の結婚話について、AとBがうわさをする。

A	ねえねえ、聞いた？　（ 人の名前 ）　さん、 人的名字 （ うわさをする ）　んだって。 傳播傳聞
B	えーっ！ だって、（ うわさの相手について自分が知っている情報を話す ） 談自己所知道的有關傳聞對象的信息 んじゃなかったっけ？
A	うん、（ うわさをする ）　らしいよ。　（ 補足する ）　みたい。 傳播傳聞　　　　　　　　　補充
B	えー、そうなの。全然知らなかった。ずいぶん詳しいじゃない。
A	（ 情報源 ）　から聞いたんだ。 信息來源
B	へえー、情報通じゃん。

語彙リスト

本文会話

1. まずまず ： 馬馬虎虎
2. あんま ◀ あまり
3. ネチネチ言う ： 絮絮叨叨地說
4. っすか ◀ ですか
5. 院 ◀ 大学院
6. 情報通 ： 信息靈通

表現

1. 副業 ： 副業
2. 連載 ： 連載
3. 終電 ： 末班車
4. 最終 ： 末班（車）
5. ダイヤ（を）改正する ： 修訂時刻表
6. 籍を入れる ： 為結婚遷入戶口
7. 着こなし ： 穿得得體
8. 学生ん時 ◀ 学生の時
9. 読者モデル ： 讀者模特兒
10. そっけない ： 冷淡
11. やっかいな ： 難對付
12. 幹事 ： 幹事
13. シミ ： 污痕
14. うっすら ： 隱約

談話練習

1. 宝くじ ： 彩券
2. それなり ： 相應
3. おごる ： 請客
4. あか抜ける ： 變得文雅
5. 上 ： 上司

64

ジムでストレス解消<ruby>解消<rt>かいしょう</rt></ruby>

在健身房消除精神壓力

シーン1

<ruby>筋<rt>きん</rt></ruby>トレで<ruby>汗<rt>あせ</rt></ruby>を<ruby>流<rt>なが</rt></ruby>す

通過肌肉鍛練流汗

タスク

ジムでの<ruby>会話<rt>かいわ</rt></ruby>を<ruby>聞<rt>き</rt></ruby>いて、<ruby>次<rt>つぎ</rt></ruby>のことを<ruby>話<rt>はな</rt></ruby>し<ruby>合<rt>あ</rt></ruby>ってみよう。 🔊095
（<ruby>解答例<rt>かいとうれい</rt></ruby>は<ruby>巻末<rt>かんまつ</rt></ruby>P168）

1. スティーブの<ruby>体<rt>からだ</rt></ruby>は、<ruby>今<rt>いま</rt></ruby>どんな<ruby>状態<rt>じょうたい</rt></ruby>か。
2. スタッフや<ruby>鈴木<rt>すずき</rt></ruby>は、スティーブにどんなアドバイスをしたか。

🔊 095

スタッフ	あれ、スティーブさん、もう上（あ）がるんですか。
スティーブ	うん、今日（きょう）は軽（かる）めにしとこうと思（おも）って(1)。ちょっと背中（せなか）が張（は）っちゃって。
スタッフ	どうしました？
スティーブ	ここんとこ、ずっと仕事（しごと）で立（た）ちっぱなしだから……。
スタッフ	それはキツイですねー。今、筋（きん）トレは週（しゅう）3ぐらいでしたっけ？
スティーブ	うん。おととい脚（あし）やって、今日（きょう）は背中（せなか）。
スタッフ	あー、脚（あし）と背中（せなか）のトレーニングって、間隔（かんかく）空（あ）けたほうがいいんですよ。
スティーブ	え、そうなの？
スタッフ	はい。疲労（ひろう）が抜（ぬ）けてからじゃないと(2)、腰（こし）に来（き）ちゃいますから気（き）を付（つ）けてください。
スティーブ	そうなのか……どのくらい空（あ）けたらいいの？
スタッフ	最低（さいてい）でも中二日（なかふつか）は。筋（きん）トレはやり方次第（かたしだい）で、週（しゅう）2でも十分効果（じゅうぶんこうか）がありますから。お仕事忙（しごといそが）しい時（とき）は無理（むり）しないで。
スティーブ	うん、ありがとう。

鈴木	ああ、スティーブさん、お疲（つか）れー。
スティーブ	あ、鈴木（すずき）さん、お疲（つか）れさまです。それ、卵（たまご）ですか。
鈴木	うん、ゆで卵（たまご）6個（こ）。ゴールデンタイムに取（と）らないとアレだから。
スティーブ	それって、筋（きん）トレしてから1時間以内（じかんいない）にタンパク質（しつ）取（と）るといいってやつ？
鈴木	45分以内（ふんいない）だよ。家（いえ）に帰（かえ）ってからじゃ(3)、間（ま）に合（あ）わないから持（も）ってきた。
スティーブ	す、すごいですね。
鈴木	スティーブさんは？ 筋肉（きんにく）にいいこと、何（なん）かやってないの？
スティーブ	そうですねー、時々（ときどき）プロテインドリンク飲（の）むぐらいですかね(4)。
鈴木	筋肉（きんにく）にいい食（た）べもん、ちゃんと取（と）ったほうがいいよ。はい、一（ひと）つ食（た）べなよ(5)。
スティーブ	えー、だって、鈴木（すずき）さんのご飯（はん）でしょ？
鈴木	いいからいいから。
スティーブ	ありがとうございます。いただきます。

コミュニケーション上のポイント①

言葉そのものの意味以外のことについて尋ねる表現「それ、～ですか」

スティーブが鈴木の卵を見て「それ、卵ですか。」（16行目）と聞いています。この場面で、スティーブが相手に期待する答えは「はい、卵です」ではなく、卵を持っていることについての説明です。つまり「どうして今、卵を持っているんですか」とか「どうしてそんなに卵を食べるんですか」と尋ねているのです。

詢問語言自身意義之外的內涵表現的「それ、～ですか」

史蒂夫看到鈴木的雞蛋問道「それ、卵ですか。」（那，是雞蛋嗎？）（第16行）。在這一場面，史蒂夫期待對方的回答並不是「はい、卵です」（對，是雞蛋），而是就拿著雞蛋這件事所做的說明。也就是說，他在問"為什麼現在拿著雞蛋？"或"為什麼吃那麼多雞蛋？"。

コミュニケーション上のポイント②

はっきり言いたくない時に便利な表現「アレ」

鈴木が自分の卵について「ゴールデンタイムに取らないとアレだから。」（17行目）とスティーブに説明しています。この場合の「アレ」は、「ダメだ / 問題だ / 困る / 効果がない」などと言いたい気持ちを表します。都合が悪いとはっきり言いたくない時に、「アレ」は大変便利でよく使われます。丁寧とは言えない表現ですが、目上の人と雑談する時にも使えます。

不想把話說清楚時，用起來很方便的表現「アレ」

關於自己的雞蛋，鈴木對史蒂夫的解釋是，「ゴールデンタイムに取らないとアレだから。」（因為不在黃金時間吃就沒效果了。）（第17行）。這種場合的「アレ」是想表示"不行、有問題、為難、沒效果"等的心情。不方便說或不想明說時，經常使用「アレ」，非常方便。 雖然說不上是很禮貌的說法，但即使與上司、長輩閒聊時也可以使用。

（1）　～とこうと思って　　　　　　　　　　　　→ておこうと思って

「あることのために、準備をしたり今やっていることを終わらせたりしよう」と思っている時に使う表現。

用於想要為了某件事做準備，或先把手頭的事情做完時的表現。

🔊 096

❶ A：　ちょっとドラッグストアに寄ってってもいい？
　　B：　いいよ。何か買うの？
　　A：　うん。週末、寒くなるみたいだから、カイロ買っとこうと思って。
❷ A：　あれ、珍しい。もう飲まないんですか。
　　B：　うん。あした健康診断だからさー。ほどほどにしとこうと思って。

（2）　～てからじゃないと

「もし～しなければ、あとで問題や不都合なことが起きたり、そのあとの行動ができなくなったりする」と言いたい時の表現。「まず～することが必要だ」と強調する時に使う。

想要說"如果不做～的話，以後就會發生問題和不妥的事情，抑或之後的行動就無法開展"時使用的表現。用於強調"必須先做～"時。

🔊 097

❶ A：　来月の24日、有休取れない？
　　B：　多分大丈夫だけど、課長に確認してからじゃないと、決めらんないなあ。
❷ （キャンプの準備で）
　　A：　ちょっと何？　一人でいきなり始めちゃって。
　　B：　えっ？　ダメ？
　　A：　ちゃんと役割分担と段取りを決めてからじゃないと、誰が何をやったらいいか、わからなくなっちゃうじゃん。

（3） 〜てからじゃ

「〜したあと、〜になったあとでは遅い」と言いたい時の表現。後ろには「…ない」が続くことが多い。

想要說"做〜之後，成為〜之後，就晚了"時使用的表現。後續多為「…ない」。

🔊 098

❶ A： 卒業旅行、南米1か月だって？　いいねー。

　 B： うん。会社に入ってからじゃ、そんなことはできないからね。

❷ A： 災害に備えて、何かストックしてる？　うち、何もしてないんだけど……。

　 B： 水とか、缶詰とか……。少しは用意しといたほうがいいよ。何か起きてからじゃ、手に入らないよ。

（4） 〜ですかね

断定できずに自分自身に確認しながら、相手に伝えたい時の表現。

想要把雖然不能斷定，但自己正在確認的內容告訴對方時使用的表現。

🔊 099

❶ A： Bさんが結婚相手に求める条件って、何？

　 B： そうだなあ……。価値観が自分と同じっていうことですかね。あとは経済的に自立している人がいいですね。

❷ A： この部屋、暖房強くしてんのに、なんか寒いね。

　 B： そうですね。どっか隙間から風が入ってきてるんですかね。

（5） 〜なよ　　　　　　　　　　　　　　→〜なさいよ

相手に強く勧めたり、促したりする時に使う表現。

用於拼命勸說、催促對方時的表現。

🔊 100

❶ A： 結婚する気がないこと、彼女にもう言ったの？

　 B： いや、まだ……。

　 A： 早く言いなよ。いつまでも待たせたらかわいそうでしょ。

❷ A： Bさん、熱あるんだって？　今日はもういいから帰んなよ。

　 B： すみません……じゃ、お先に失礼します。

1.やり方について尋ねる
詢問有關做法

🔊101（客／ジムのスタッフ） 🔊102（客） 🔊103（ジムのスタッフ）

（ランニングマシンの前で）

客	ダイエットするには、どうやったらいいですか。
ジムのスタッフ	運動強度は上げないほうがいいですよ。 心拍数は120から130の間で走ってください。
客	120から130？
ジムのスタッフ	ええ、おしゃべりができるレベルです。
客	傾斜角度はつけなくていいの？
ジムのスタッフ	ああ、つけたほうがいいですね。5%から8%がいいんですけど、 最初は5%で。慣れてからじゃないと、ケガをしやすいですから。
客	わかりました。ありがとう。

以下のような場面で話してみよう。

1. 客Aが、ヨガのインストラクターBに、体を柔らかくする方法を聞く。
2. 客Aが、水泳のインストラクターBに、体力を付ける方法を聞く。

A	（ やり方を尋ねる ）　には、どうやったらいいですか。 詢問做法
B	（ アドバイスする ）　ほうがいいですよ。 建議 （ 詳しくアドバイスする ）　てください。 具體地說明建議
A	（ わからないことを聞き返す ）　？ 重複問不明白的事情
B	（ 答える ）　です。 回答
A	（ 質問する ）　ていいの？ 詢問
B	ああ、（ アドバイスする ）　ほうがいいですね。 建議 （ 詳しくアドバイスする ）　。 具體地說明建議 （ アドバイスの根拠を説明する ）　てからじゃないと、 對所建議的依據加以說明 （ アドバイスの根拠を説明する ）　から。 對所建議的依據加以說明
A	わかりました。ありがとう。

2.ジムでスタッフと雑談する

在健身房與工作人員閒聊

🔊 104（ジムのスタッフ／客） 🔊 105（ジムのスタッフ） 🔊 106（客）

ジムのスタッフ	お疲れさまです。 今日は早いんですね。
客	うん、今日はランニングだけ。 これから友達と飲むから、お腹空かせとこうと思って。
ジムのスタッフ	そうですか。あしたの朝の私のクラス、来られますか。
客	うーん、今夜の飲み次第かな？
ジムのスタッフ	来てくださいよ。
客	なるべくね。

以下のような場面で話してみよう。

1. スタッフAに筋トレを毎日やっているか聞かれて、客Bが答える。
2. 久しぶりのジムで、スタッフAに食事管理ができているか聞かれて、客Bが答える。

A	お疲れさまです。 （ 客の様子について感想を言う ）　ね。 談有關顧客情況的感想
B	うん、（ 答える ）　。 回答 （ 理由を言う ）　うと思って。 談理由
A	そうですか。（ 質問する ）　か。 詢問
B	（ 答える ）　かな？ 回答
A	（ 念を押す ）　てくださいよ。 叮囑
B	（ 答える ）　。 回答

語彙リスト

本文会話

1. 上がる : 結束
2. 背中が張る : 腰酸背痛
3. 間隔（を）空ける : 間隔
4. 抜ける : 消除
5. 腰に来る : 會腰痛
6. いいってやつ : 說是～最好
7. プロテインドリンク : 蛋白質飲料

表現

1. カイロ : 暖暖包
2. ほどほどにする : 適可而止
3. 決めらんない ◀ 決められない
4. 段取り : 步驟
5. ストックする : 儲備
6. 隙間 : 空隙

談話練習

1. 強度 : 強度
2. 心拍数 : 心率
3. 傾斜角度 : 傾斜角度

サウナで健康談義

在三溫暖聊健康

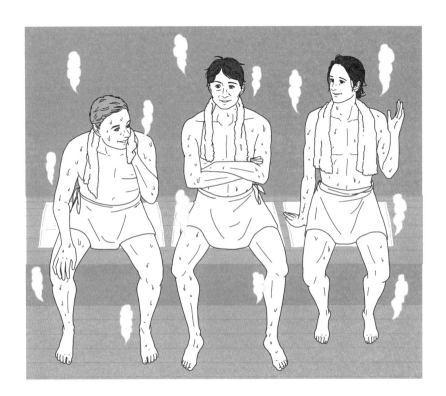

タスク

サウナでの3人の会話を聞いて、次のことを話し合ってみよう。　🔊107

（解答例は巻末P168）

1. サウナに入ることで得られる効果は何か。

2. スティーブはこのあと、何をすると思うか。

🔊107

ケン	どうぞー。ここ空いてるよ。
スティーブ	すいません。今日はプールですか。
ケン	ううん。今日は仕事場からここに直行。アイデア浮かばな**くって** (1) さ。スティーブさんは？
スティーブ	ジム行ってき**たとこ** (2) です。アイデア、降りてきました？ 5
ケン	うん。サウナと水風呂、3セット繰り返したところで来たよ。なんか、頭が研ぎ澄まされてさ、スーッと降りてきた感じ！
ヒロ	それ、「整った」んだね。
スティーブ	整った？　何ですか。それ。
ヒロ	サウナで得られる究極のリラックス状態のこと。ヨガの瞑想のあとの頭 10 ん中とおんなじになるんだって。
ケン	サウナと水風呂、交互に入る**ってのが** (3) ポイント。
スティーブ	なるほどー。頭がリセットされるっていうか、整理されるってことですね。はい、はい。
ケン	なんでも、サウナのあとの右脳は活性化してるんだってよ。 15
ヒロ	うつ病や認知症予防にもいいらしいね。
スティーブ	そうなんですか。皆さんよく知ってるんですね。
ヒロ	まあね。うつも認知症も他人事じゃないからね。
スティーブ	ヒロさんみたいな健康志向の人**に限って** (4) 、そんなこと、あるわけないですよ。 20

（ロッカールームで）

スティーブ	（鼻歌）
ヒロ	スティーブさん、もしかして、このあと、ビール1杯、なんて思ってない？
スティーブ	もちろん。サウナのあとはやっぱ、冷えたビールでしょ？
ヒロ	ダメだよ。サウナのあと酒飲んじゃ。効果台無しだよ。 25
スティーブ	そうなんですか。えー。
ヒロ	ま、言う**だけ無駄** (5) か……。

コミュニケーション上のポイント

年齢や職業の異なる人たちと話してみよう！

サウナで常連客と話すスティーブの話し方を見ると、基本は「です／ます」の丁寧な形、時折、親しみを表す形を混ぜています。そして、自分自身の話は簡潔に、相手の話にはあいづちや共感を表す言葉を使って耳を傾けています。このようにいろいろな形を使うことで、年齢や職業の異なる人たちと距離を縮めることができます。

嘗試與不同年齡、職業的人交談！

看看史蒂夫在三溫暖和常客的交談，基本上使用的是禮貌形「です／ます」，偶爾也混雜些表示親密的語形。而且，自己說的話比較簡潔，聆聽對方說話時則不時加以附和，說些表示同感的話語。像這樣使用各種語形，可以拉近與不同年齡、職業的人之間的距離。

（1）〜くって　　　　　　　　　　　　　　　　　　→〜くて

理由を強調したい時に使う表現。

用於想要強調理由時的表現。

🔊108

❶ A：在宅勤務ってどう？

　　B：うーん……。会社に行ってるほうがはかどるよ。うち、向かいの店がうるさくって、集中できないから。

❷ A：先月、母が国からいろいろ送ってくれたみたいなんだけど、まだ届かなくってさ……。

　　B：えー、それは心配だね。

　　A：うん。運送会社や航空会社にも問い合わせたんだけど、担当者も原因わかんないって。

（2）〜たとこ　　　　　　　　　　　　　　　　　　→〜たところ

「ちょうど〜が終わったタイミングだ」と言いたい時の表現。

想要述說"正好是〜剛剛結束"時使用的表現。

🔊109

❶ （居酒屋で）

　　A：こっち、こっち！

　　B：遅くなってごめん。もう頼んだ？

　　A：うん、ビールだけ頼んだとこ。

❷ （電話で）

　　A：今、どこ？

　　B：駅。今、改札出たとこ。ごめん、あと5分待って。

（3）〜ってのが　　　　　　　　　　　　　　　　　→〜というのが

「〜」を強調したい時に使う表現。

用於想要強調"〜"時的表現。

🔊110

❶ A：このアイロン、軽くていいね。

　　B：うん。服をハンガーにかけたまま、しわを伸ばせるってのが便利だよね。

❷ A：昨日の件、営業部から何か言ってきた？

　　B：いや、何も。あんな無理なことこっちにさせといてさ、一言もないってのが信じらんないよ。

(4) ［人］に限って～

「その人だけは特別だから、そのような悪い状況にはならない」と話し手が信じている気持ちを強調したい時の表現。

"唯有那個人（是絕不會～的），所以狀況不至於那麼糟"，這是想強調說話人表示相信的心情時使用的表現。

🔊 111

❶ A： ゆうべ、歌舞伎町で課長見かけてさ。派手な女の人と歩いてたんだよね……。
   B： えー、人違いじゃない？　あのまじめな課長に限って、そんなことあり得ないでしょ。
❷ A： Cさん、パワハラで訴えられたらしいよ。
   B： えっ、本当?!　あの人望の厚いCさんに限って……。何かの間違いじゃないの？

(5) ～だけ無駄

「どんなに～しても何の意味も効果もない、役に立たない」と言いたい時の表現。

想要說"無論怎麼做，都沒有意義也沒有效果，起不了作用"時使用的表現。

🔊 112

❶ A： エリさんのこと、好きなんでしょ？　飲みに誘ったりしないの？
   B： いや、この間、ジョンさんと楽しそうに話してんの、見ちゃったから……。誘うだけ無駄だよ。
❷ A： 何とかして、課長を説得できないかなあ。
   B： 無理無理。課長、相当頑固だから。そんなこと思うだけ無駄だよ。

1.健康について情報交換する
交換有關健康的信息

🔊 113（後輩／先輩）　🔊 114（後輩）　🔊 115（先輩）

後輩	最近、やせにくくって。
	食べる量減らしてんのに。
先輩	代謝落ちてんじゃないの？
	このドリンク、代謝アップに効くって。
後輩	ホントですか。
先輩	うん。まだ飲み始めたとこだけど、調子いいよ。
	受付で売ってるよ。
後輩	そうですか。じゃあ、飲んでみようかな。
先輩	うん、だまされたと思って、飲んでみなよ。

以下のような場面で話してみよう。
1. 後輩Aが花粉症について先輩Bに話す。
2. 後輩Aが慢性的な疲れについて先輩Bに話す。

A	最近、（ 健康上の悩みを話す ） くって。
	談健康上的煩惱
	（ 今の状態について話す ） のに。
	談現在的狀態
B	（ 原因を指摘する ） んじゃないの？
	指出原因
	（ 情報を教える ） って。
	告知信息
A	ホントですか。
B	うん。 （ 根拠を話す ） 。
	談根據
	（ 情報を教える ） よ。
	告知信息
A	そうですか。じゃあ、（ アドバイスを受け入れる ） かな。
	接受所給的建議
B	うん、（ 強く勧める ） なよ。
	極力勸說

2.気になっていることについて雑談する
閒聊感到擔心的事情

🔊 116（同僚A／同僚B）　🔊 117（同僚A）　🔊 118（同僚B）

同僚A	テレワークっていうけど、 生産性上がるのかな？
同僚B	職種によるんじゃない？ 100％導入なんて、やれっこないよ。
同僚A	そうだよね。営業なんて、会ってなんぼの世界なんだから。
同僚B	そうそう。上はわかってないよな。
同僚A	まあ、そんなもんだよ。
同僚B	言うだけ無駄、無駄。

以下のような場面で話してみよう。
1. 働き方改革で長時間労働を減らそうとする会社の取り組みについて、同僚AとBが雑談する。
2. 社内でペーパーレス化を呼びかけていることについて、同僚AとBが雑談する。

A	（ 気になっていることを取り上げる ） っていうけど、 提出自己感到擔心的事情 （ 否定的な問いかけをする ） のかな？ 做否定性的提問
B	（ 自分の考えを言う ） んじゃない？ 談自己的想法 （ 自分の考えを言う ） よ。 談自己的想法
A	そうだよね。 （ 根拠を話す ） んだから。 談根據
B	そうそう。 （ 自分の考えを言う ） よな。 S談自己的想法
A	まあ、そんなもんだよ。
B	言うだけ無駄、無駄。

語彙リスト

ワークライフバランス

工作和生活的平衡

趣味が副業に？

愛好成為副業？

タスク

由利とチョウの会話を聞いて、次のことを話し合ってみよう。
（解答例は巻末P168）

🔊119

1. チョウは何をしているか。それについて由利はどう思っているか。
2. それは由利のどんな発言からわかるか。

🔊》119

由利	もうー、チョウさん**ってば** (1)！ バーベキューの準備手伝わないと、神戸牛、食べさせてあげないよ！
チョウ	うーん……**今、それどころじゃない** (2) んだよー。
由利	何、やってんの？
チョウ	プラモデル。ちょっと人に頼まれちゃって。締め切り週明けだから、今日中にこれ、塗んなきゃ。
由利	へえー、すごい！ チョウさんって、**こんな**こともできる**んだ** (3) ！
チョウ	まあね。
由利	**よくそんな**細かいとこ、きれいに塗**れるね** (4) 。
チョウ	別に。慣れれば**どうってことないよ** (5) 。
由利	……ねぇ、チョウさん。さっき、「人に頼まれた」って言ってたじゃない？
チョウ	ん？ ああ、そうだね。
由利	それって、お礼もらったりしてるの？
チョウ	うん、まあ、ちょっとね。
由利	ちょっとって、いくらぐらい？
チョウ	ちょっとはちょっとだよ。ほんのちょっと。
由利	へえー、そうなんだ。こういうの、**しょっちゅう** (6) やってんの？
チョウ	しょっちゅうっていうか……。まあ、月に4、5件ぐらい？ 仕事しながらだからね。そんなには引き受けらんないよ。でもまあ、ちょっとした小遣い稼ぎにはなってるかな。
由利	ふーん……。やっぱ、いいよ、チョウさん。バーベキュー手伝わなくていい。
チョウ	えっ?!
由利	プラモデル、やってて。肉焼けたら声かけるから。
チョウ	ありがとう！ 由利さんって、優しいんだね。
由利	何言ってんの。来週はすき焼きパーティーにするから。チョウさんのおごりね。
チョウ	えーっ!!

5

10

15

20

25

コミュニケーション上のポイント

「へえー」を使ってほめよう！

由利がチョウのプラモデル作りの才能を見て、「へえー、すごい！」（7行目）「へえー、そうなんだ。」（17行目）と感心しています。チョウは由利からほめられたと感じて照れていますが、このように言われて悪い気がするという人はいないでしょう。「へえー」は「知らなかった！」という意味を表す感嘆詞ですが、相手の隠れた才能を発見した時などにほめ言葉と一緒に使えば、相手をちょっといい気分にさせることができます。

用「へえー」來誇獎對方吧！

由利看到小趙製作塑膠模型的才能，欽佩地說：「へえー、すごい！」（欸，真了不起！）（第7行）「へえー、そうなんだ。」（欸，是這樣啊。）（第17行）。雖然小趙受到由利的誇獎後感到有些不好意思，但恐怕沒有人聽到這樣的表揚會感到不高興吧。「へえー」是感嘆詞，意思是"我原先竟然不知道！"，在發現對方有不為人知的才能時，和表示贊揚的詞一起用，會讓對方感到心情愉悅。

(1) [人]ってば

ある人を取り上げて、その人への不満、非難、驚きを表したい時の表現。

圍繞某人，想要表達對他不滿、譴責、驚訝時使用的表現。

🔊 120

❶ A： まだ帰んないの？

　　B： うん、残業。課長ってば、ひどいんだよ。さっき、いきなり来てさ、「これ、今日中にやって」だって。

　　A： 信じらんないね。

❷ A： もう映画始まっちゃうよ。田中さんってば、全然戻ってこない!!

　　B： トイレ、すごく混んでたからね……。

(2) 今、〜どころじゃない

「今、〜ができる状況ではない」と切迫感を表したい時の表現。

"現在還不是能〜的狀態"，是想要表達緊迫感時使用的表現。

🔊 121

❶ A： リサと付き合ってもう5年なんでしょ。結婚のこと考えないの？

　　B： 今、結婚どころじゃないんだよ。いつリストラでクビになるかわかんないんだから。

❷ A： 田中さん、最近帰り、早いと思わない？

　　B： ああ、来週手術受けるんだって。気持ち的には今、仕事どころじゃないんだと思うよ。

(3) こんな（に）／そんな（に）[動詞の可能形]んだ

相手の隠れた才能に「へえ、知らなかった。すごい！」と感心した時の表現。

"欸，竟然不知道。真了不起！"，欽佩對方有不為人知的才能時使用的表現。

🔊 122

❶ A： これ、全部一人で作ったの？　こんな本格的な料理、作れるんだ！

　　B： そんなに手がこんだものじゃないよ。

❷ A： 東京マラソン、走ったんだって？

　　B： うん。やっと4時間切れたよ。

　　A： えー、すごい！　そんなに速く走れるんだ！

（4）よくこんな／そんな［動詞の可能形］ね

相手のしたことに対する感心や驚き、不満や非難の意を表したい時に使う表現。

用於對對方所做的事情，表示欽佩、驚訝，抑或不滿、譴責之意時的表現。

🔊 123

❶ A： 昨日のサッカーの試合、どうだった？

　 B： 2対0だったんだけどさー、残りの10分で3点取って逆転勝ち！

　 A： すごい！　よくそんな負け試合、ものにできたね。

❷ A： 聞いて！　木村さんってば、契約取れたのは自分の力だって言ってるよ。

　 B： ふーん、よくそんな図々しいこと言えるね。

（5）どうってことないよ

「大した事ではない」と言いたい時の表現。自分に使う時は謙遜、相手に使う場合は相手への気遣いや励ましを表す。

想要說"這不是什麼大不了的事"時使用的表現。用在自己時表示謙虛，用於他人時則表示對對方的擔心或鼓勵。

🔊 124

❶ A： この動画、すごい凝ってるね。こんなのできちゃうんだ。

　 B： これぐらいどうってことないよ。

❷ A： 来月、友達の結婚式でスピーチすることになってさー。日本語でスピーチなんて、うまくいくかどうか……。

　 B： 大丈夫、どうってことないよ。みんな酔っぱらってて、ちゃんと聞いてないから。

（6）しょっちゅう

「とても高い頻度でよくする、よくある」と言いたい時の表現。

用於想要說"是頻率非常高的，常做、常有的事情"時的表現。

🔊 125

❶ A： このシュレッダー、最近しょっちゅう紙詰まりするんだけど。

　 B： 買い替えの時期なんですかね。

❷ A： あ！　あの人！　昨日テレビで見た！　お笑い芸人だよね。

　 B： ああ、この辺に住んでるみたい。ジョギングしてるの、しょっちゅう見かけるよ。

1. 相手の特技をほめる
賛揚對方的特殊技藝

🔊126（同僚A／同僚B）　🔊127（同僚A）　🔊128（同僚B）

同僚A	へえー、田中さんって、こんなこともできるんだ！ 似顔絵うまいね。
同僚B	大したことないよ。
同僚A	よくそんな上手に特徴つかめるね。
同僚B	好きなだけだよ。別に、どうってことないよ。
同僚A	いやいや、すごいよ。
同僚B	そうかな？　ありがと。

以下のような場面で話してみよう。
1. Aが、DIYが得意な友人Bの作品を写真で見て、ほめる。
2. Aが、即興でピアノを弾いた友人Bをほめる。

A	へえー、（人の名前）さんって、こんなこともできるんだ！ 人的名字 （具体的にほめる）　。 具體地誇獎
B	大したことないよ。
A	よくそんな（更に具体的にほめる）　ね。 更具體地誇獎
B	好きなだけだよ。別に、どうってことないよ。
A	いやいや、すごいよ。
B	そうかな？　ありがと。

2. お金のことについて聞く
打聽有關錢的事情

🔊 129（同僚A／同僚B）　🔊 130（同僚A）　🔊 131（同僚B）

同僚A	**アン**さんってば！　**社長賞取る**なんてすごいじゃない！
同僚B	いやいや、**まぐれだよ**。
同僚A	そんなことないでしょ。**実力だよ**。 **社長賞**って、ごほうびもらえたりするの？
同僚B	うん、まあ。
同僚A	まあって、いくらぐらい？
同僚B	そうだなあ、**ホテル1泊分**ぐらいかな？
同僚A	またまたー。そんな少ないわけないでしょ。
同僚B	いやいや……。

以下のような場面で話してみよう。
1. Aが、自宅で料理教室を開いている友人Bに、レッスン料について聞く。
2. Aが、SNSで動画を配信している友人Bに、広告収入について聞く。

A	（ **人の名前** ）　さんってば！　（ **具体的にほめる** ）　なんて 人的名字　　　　　　　　　具體地誇獎 すごいじゃない！
B	いやいや、（ **謙遜して答える** ）　よ。 謙虚地回答
A	そんなことないでしょ。（ **ほめる** ）　よ。 誇獎 （ **お金のことについて聞く** ）　もらえたりするの？ 打聽關於錢的事情
B	うん、まあ。
A	まあって、いくらぐらい？
B	そうだなあ、（ **あいまいに答える** ）　ぐらいかな？ 含糊地回答
A	またまたー。そんな少ないわけないでしょ。
B	いやいや……。

本文会話

1. プラモデル ： 塑膠模型
2. 塗んなきゃ ◂ 塗らなきゃ / 塗らなければなりません
3. 小遣い稼ぎ ： 賺零用錢
4. 言ってんの ◂ 言っているの / 言っているんですか

表現

1. 帰んないの？ ◂ 帰らないの？ / 帰らないんですか
2. 気持ち的には ◂ （〜の）気持ち / 感情としては
3. 本格的な ： 正宗的，道地的
4. 手の/がこんだ ： 費事的
5. ものにする ： 獲勝
6. 図々しい ： 厚臉皮
7. 凝ってる ◂ 凝っている ： 精心製作
8. 紙詰まり ： (機器)卡紙
9. お笑い芸人 ： 搞笑藝人

談話練習

1. 即興 ： 即興
2. 社長賞 ： 社長獎
3. まぐれ ： 偶然
4. ごほうび ： 褒獎

ボランティアをする

做志工

タスク

ボランティアについての会話を聞いて、次のことを話し合ってみよう。 🔊))132
（解答例は巻末P168）

1. ボランティアに行く前、由利はどんなことを楽しみにしていたか。
   それはどんな発言からわかるか。

2. ボランティア活動の中で由利はどんな立場か。それはどんな表現
   からわかるか。

第6話

🔊 132

スティーブ	あれ？ 由利、出かけんの？ 仕事？
由利	うん。言ってなかったっけ？ 被災地でボランティア。今日はね、ラグビーのナショナルチームが来てくれることになったんだって！ すご**くない？** (1)
スティーブ	ふーん。でもさ、昨日テレビで試合やってたじゃん？ 昨日の今日 5 じゃ、疲れて役に立たないんじゃないの？
由利	スティーブじゃないんだから。きっと、ああいう人たちは一晩寝れば 疲れなんてどっかいっちゃうんだよ。
スティーブ	そんなもんかね。
由利	じゃ、行ってきまーす！ 10

（被災地で）

由利	皆さん、今日はお疲れのところ、ありがとうございます。
ボランティア全員	疲れてなんかいませんよー!!
由利	そうですか。期待しています！ じゃあ、3、4人ずつ、それぞれのお 宅で土砂の撤去作業をお願いします。気を付けてくださいねー！ 15
ボランティア全員	わかりましたー！

由利	すいませーん、そっち、持っ**てもらってもいい** (2) ですか。
ボランティア1	オッケーです！

由利	あ、ちょっとこれ、あっちに運んでもらってもいいですか。
ボランティア2	いいっすよー。 20

由利	すいませーん、これ、どけてもらってもいいですか。
ボランティア3	わかりましたー。どこに置きますか。
由利	その隅でいいかな。そこにお願いします！

（3時間後）

地元のおじさん　あっという間に終わっちゃって。びっくりしたよー。

由利　　　　　ラグビーの皆さんのおかげですよ。

地元のおじさん　**ていうか、**(3) あんたもすごかったよー、おっきなショベルカー操っ

　　　　　　　ちゃって。かっこよかったよー。よくあんなことできるね。　　　　　5

由利　　　　　いやいやいや……。

地元のおじさん　**なんか**さ、俺たちも元気もらえた**って感じ**(4)。ありがとね。

由利　　　　　こちらこそ。お役に立てたならすごくうれしいです！

(1) ［イ形容詞］くない？

「～と思わない？」と、相手に共感してもらいたい時の表現。

"不認為～嗎？"，這是想獲得對方同感時使用的表現。

🔊133

❶ A： 7時に予約したのに、30分以上待つなんて。ひどくない？
　 B： ホント。次は他の店にしよう。
❷ A： あした、羽田に7時集合だって。
　 B： えー。飛行機、10時発だよ。早くない？

(2) ～てもらってもいい？

「～てほしい」と軽くお願いしたい時の表現。

"希望做～"，委婉地提出請求時使用的表現。

🔊134

❶ A： ねえ、あしたうちへ来る時、コンビニで何か飲み物買ってきてもらってもいい？
　 B： わかった。何かリクエスト、ある？
❷ A： あのさ、出欠の返事なんだけど、あさってまで待ってもらってもいい？
　 B： うん、いいよ。

(3) ていうか、～

相手の言ったことを受けて、「それよりも私は～だと思う」とコメントしたい時に使う表現。

用於聽了對方所說的事情，想要就此提出自己的意見"與其那樣，我覺得是～"時的表現。

🔊135

❶ A： あの人たち全然動かなくてさー。やるのはいつもこっちなんだよね。
　 B： ていうか、黙ってないで、直接動けって言ったらいいんじゃないの？
❷ A： なんか、働いても働いてもお金貯まんないんだよね。
　 B： ていうか、使い過ぎなんじゃないの？

（4） なんか〜って感じ

自分の印象や気持ちをソフトに軽く伝えたい時の表現。

想要把自己的印象和心情委婉地告訴給對方時使用的表現。

🔊 136

❶ A： あれ？　あんま食べてないじゃん。おいしくないの？

B： うーん。なんか思ってたのと違うって感じ。

❷ A： 西川さんと橋本さん、昼休みによく二人で話してるよね。

B： そう言われてみれば確かに……。なんか怪しいって感じ？

1. 作業を頼む
委託工作

🔊 137（社員／アルバイト）　🔊 138（社員）　🔊 139（アルバイト）

社員	あの倉庫から椅子出して、 ここに並べてもらってもいいですか。
アルバイト	はい、わかりました。いくつずつ並べますか。
社員	横10個、縦10列でお願いします。
アルバイト	間隔はどうしますか。
社員	うーん、横は1メートル、前後は1.5メートルぐらいかな。
アルバイト	わかりました。

以下のような場面で話してみよう。
1. Aが友人の夫Bにキャンプで必要なものをそろえるよう頼む。
2. Aが部下Bにアンケートの集計とグラフの作成を頼む。

A	（ 一つ目の作業を頼む ） て、 委託第一項工作 （ 二つ目の作業を頼む ） てもらってもいいですか。 委託第二項工作
B	はい、わかりました。 （ わからないことを質問する ） か。 詢問不明白的事情
A	（ 答える ） でお願いします。 回答
B	（ 更に質問する ） はどうしますか。 進一步詢問
A	うーん、（ 答える ） かな。 回答
B	わかりました。

2. 驚いて感想を言い合う
因吃驚而互相述說感想

🔊 140（友人A／友人B） 🔊 141（友人A） 🔊 142（友人B）

友人A	おいしい！
	これで1,000円なんて、コスパよくない？
友人B	だから言ったじゃん！
	いい店だって。
友人A	うん。
	これで飲み放題なんて、なんかすごく得したって感じ。
友人B	でしょ！
友人A	ていうか、こんな店知ってるBさんに驚き。
友人B	もっと言って。

以下のような場面で話してみよう。
1. Aが友人Bの畑で採れたばかりのとうもろこしの甘さに驚いて、二人で感想を言い合う。
2. Aが老舗の高級旅館の設備の古さに驚き、友人Bと感想を言い合う。

A	（ 驚く ）！ 吃驚
	（ 具体的な驚き ）なんて、（ 感想を言う ）くない？ 吃驚的具體内容　　　　　　　　　談感想
B	（ 自分の考えを言う ）じゃん！ 談自己的想法
	（ 具体的に言う ）って。 具體地說
A	（ 答える ）。 回答
	（ 具体的な驚き ）なんて、なんか（ 感想を言う ）って感じ。 吃驚的具體内容　　　　　　　　談感想
B	（ 同意する ）！ Agree／同意
A	ていうか、（ 別の感想を言う ）。 談其他感想
B	（ 答える ）。 回答

語彙リスト

本文会話

1. 出かけんの？ ◂ 出かけるの？ / 出かけるんですか
2. 被災地（ひさいち） ： 受災地區
3. 昨日（きのう）の今日（きょう） ： 事情發生剛過了一天的今天
4. 土砂（どしゃ） ： 砂土
5. 撤去作業（てっきょさぎょう） ： 清除工作
6. どける ： 挪開
7. おっきな ◂ 大（おお）きな
8. ショベルカー ： 挖掘機
9. 操（あやつ）る ： 操縱

表現

1. 怪（あや）しい ： 奇怪，可疑

談話練習

1. コスパ ： 性價比
2. 得（とく）（を）する ： 賺（了）
3. 老舗（しにせ） ： 老字號

腕利きの名医にかかる

去看醫術高明的名醫

シーン1

名医を紹介してもらう

請對方介紹名醫

タスク

シェアハウスでの4人の会話を聞いて、次のことを話し合ってみよう。 🔊143
（解答例は巻末P169）

1. チョウが由利、スティーブ、アナから教えてもらいたいことは何か。その際、それぞれに対してどのように聞いているか。
2. チョウは歯の状態や痛みについて、どのように説明しているか。

🔊 143

チョウ	ねえ、由利さん。ちょっと教えてくれない？
由利	なーに？
チョウ	歯医者さんで、**どっかいいとこ知らない？**(1)
由利	歯医者？　うーん、最近、全然行ってないからなあ……どした？　歯、痛いの？
チョウ	詰めたの取れちゃったんだ。ぽっかり穴が空いちゃってさ、そこがしみちゃって。
由利	えー、大変！　早く行か**ないと**(2)。そうだ！　スティーブに聞いてみなよ。ちょっと前に歯がどうのって言ってた**気がする**(3)。
チョウ	そう、サンキュー。

5

10

- -

チョウ	スティーブ、ちょっと教えて。
スティーブ	ああ、何？
チョウ	スティーブが行ってた歯医者ってどこ？
スティーブ	歯医者？　ああ、歯医者ね。行ってないよ。
チョウ	ええ?!　なんで？
スティーブ	なんか、奥歯の辺りがシクシクしてたんだけど、そのうち治っちゃったから。
チョウ	治った？　そんなの、あり得**なくない？**(4)
スティーブ	多分、ストレスとか疲れから来るものだったんだろうな。今思うと。アナに聞いたら？　彼女、医者だし、知ってるかもよ。
チョウ	うん、そうする。

15

20

- -

チョウ	アナさん、ちょっと教えてもらいたいんだけど……。
アナ	なあに？
チョウ	いい歯医者さん、知ってたら教えてもらえないかなと思って。
アナ	どうしたの？
チョウ	うん、おとといい、浅草でイカ焼き食べてたら歯がゴリっていって(5)。詰め物が取れちゃったんだ。

25

アナ　　　あらー、お気の毒。早く診てもらったほうがいいね。牧田先生、いいよ。腕もいいし、気さくだし。私はいつもそこに行ってる。今、ホームページのアドレス送るね。

チョウ　　ありがとう！　あ……来た。本当にありがとう！　助かったよ！

コミュニケーション上のポイント

オノマトペを覚えて積極的に使おう！

チョウやスティーブが歯の痛みや様子について、「ぽっかり穴が空いちゃって」（6行目）「奥歯の辺りがシクシクして」（16行目）「歯がゴリっていって」（26行目）などと説明しています。オノマトペは自分の気持ちや感覚、イメージを相手に瞬時に伝え、共有するのに大変効果的です。オノマトペだけで自分の症状を医者にわかりやすく伝えることもできます。オノマトペは友達言葉ではなく、相手の立場に関係なく使える便利な表現方法なのです。

記住擬聲詞、擬態詞，並積極地去使用！

「ぽっかり穴が空いちゃって」（突然裂開個洞）（第6行）「奥歯の辺りがシクシクして」（牙歯周圍隱隱作痛）（第16行）「歯がゴリっていって」（牙歯喀嚓一響）（第26行）等，小趙和史蒂夫在說明牙疼和牙齒的情況。擬聲詞和似態詞可以在瞬間就把自己的心情、感覺以及印象傳達給對方，非常有利於雙方的共享。只用擬聲詞就可以簡單明瞭地把自己的症狀告訴醫生。擬聲詞不是朋友之間的語言，而是一種與對方立場無關的、使用起來非常便利的表現方法。

（1） どっかいいとこ知らない？　　→ どこかいいところを知りませんか

よい病院や店などを教えてほしい時に使う表現。

用於希望別人能把好醫院，好商店等介紹給自己時的表現。

🔊144

❶ A： 国の姪っ子におもちゃ買って帰りたいんだけど、どっかいいとこ知らない？
　 B： 新橋駅の近くに、結構大きいおもちゃ屋さんがあるよ。
❷ A： 来月、両親が日本へ来たら、「いかにも日本文化」っていう体験させてあげたいんだけど、どっかいいとこ知らない？
　 B： 銀座で着物着て、お茶や日本舞踊が体験できるとこ、知ってるけど。
　 A： あ、それいいね！

（2） ～ないと

「～しなければ、あとで問題や不都合なことが起きる」と言いたい時の表現。

想要說明"如果不做～的話，之後就會發生問題和麻煩"時使用的表現。

🔊145

❶ A： 車のガソリン、あんまりないね。
　 B： ホントだ。早めに入れないと。高速道路でガス欠したら怖い。
❷ A： Bさん、セミナーの申し込み、もうした？
　 B： まだ。今週中に手続きしとかないとね。

（3） ～気がする

「はっきりとは言えないが、～のように思う」と自分の印象などを伝える時に使う表現。

"雖然不能斷定，但我覺得是～"，用於在向別人談及自己的印象等時的表現。

🔊146

❶ A： 最近、朝、鏡で自分の顔見ると、顔がむくんでる気がするんだよね……。
　 B： 毎晩お酒飲むの、やめたら？
❷ A： え、宝くじ、1,000枚も買ったの?!
　 B： うん、なんか当たる気がしてさー。

(4) 〜なくない？

「私は〜ないと思うんだけど、どうかな？」と、自分の意見や感想などを婉曲に伝える時の表現。相手の同意を得たかったり、感想を聞きたかったりする時に使う。

"我覺得沒有〜，怎麼樣呢？"，這是婉轉地把自己的意見和感想說給對方聽時使用的表現。用於想徵得對方的同意，或想聽一下對方感想時。

🔊147

❶ A： Bさん、知ってた？　ケンって、駅前のバーの桜井店長と兄弟なんだって！
　　 B： へえ、そうなんだ。あんま似てなくない？
　　 A： うん、全然似てない。

❷ A： 雨、すぐには止みそうもなくない？
　　 B： そうだね。今日はテニス、無理だね。

(5) ［擬声語］っていう

「［擬声語］のような音がする」と言いたい時の表現。

想要說"像（擬聲詞）那樣的聲音"時使用的表現。

🔊148

❶ A： あいたたた。足首が……。
　　 B： どうしたの？
　　 A： 走ろうとしたら、ゴキっていって……。捻挫したかも……。

❷ （車庫入れで）
　　 A： ねえ、今、なんか変な音しなかった？
　　 B： した。ガリガリっていった。どっかこすっちゃったかな……。

第7話

シーン 1

表現

1. 友人にお勧めの店や先生を紹介してもらう

請朋友介紹值得推薦的店和醫生

🔊 149（友人A／友人B）　🔊 150（友人A）　🔊 151（友人B）

友人A　　居酒屋で、どっかいいとこ知らない？

友人B　　居酒屋？　どして？

友人A　　国から友達が来るんだ。いろんな料理が食べたいって言ってて。

友人B　　そう。新宿の「鳥百番」はいいよ。

　　　　　おいしくてメニューもいっぱいあるし。

友人A　　ホント?!　さすがBさん！

友人B　　あとで店のURL送るよ。

友人A　　ありがとう！

以下のような場面で話してみよう。

1. Aが友人Bにいい耳鼻科を尋ねる。
2. Aが友人Bにお勧めのフォトスタジオを尋ねる。

A　　　（ 店／病院など ）　で、どっかいいとこ知らない？
　　　　店，醫院等

B　　　（ 店／病院など ）　？　どして？
　　　　店，醫院等

A　　　（ 事情を話す ）　んだ。　（ 補足する ）　て。
　　　　說明事由　　　　　　　　　補充

B　　　そう。　（ お勧めのところ ）　はいいよ。
　　　　　　　　　推薦的地方

　　　　（ 理由を言う ）　し。
　　　　談理由

A　　　ホント?!　さすがBさん！

B　　　（ 連絡先を教える ）　よ。
　　　　告知聯繫地址

A　　　ありがとう！

2. 年上の友人にお勧めの店や先生を紹介してもらう
請年長的朋友介紹值得推薦的店和醫生

🔊 152（友人A／友人B）　🔊 153（友人A）　🔊 154（友人B）

友人A	Bさん、ちょっと教えてもらいたいんだけど。
友人B	なあに？
友人A	いい皮膚科、知ってたら教えてもらえないかなと思って。
友人B	どうしたの？
友人A	うん、吹き出物がひどいんだ。みんなに何か言われてる気がして。
友人B	そっか。四谷の渋谷先生がいいんじゃない？ 私も肌のトラブルはいつもそこに行ってる。
友人A	ホント！　Bさんも行ってるなら安心だね。

以下のような場面で話してみよう。

1. スーツケースが壊れたので、Aが年上の友人Bにいい修理店を尋ねる。
2. Aが年上の友人Bに気軽に始められる習い事を尋ねる。

A	Bさん、ちょっと教えてもらいたいんだけど。
B	なあに？
A	いい（ 店／病院など ）、知ってたら教えてもらえないかなと 　　店，醫院等 思って。
B	どうしたの？
A	うん、（ 事情を話す ）んだ。（ 補足する ）て。 　　　　説明事由　　　　　　　補充
B	そっか。（ お勧めのところ ）がいいんじゃない？ 　　　　　推薦的地方 （ 根拠を話す ）。 談根據
A	ホント！　（ 感想を言う ）ね。 　　　　　　談感想

本文会話

1. どした？ ◂ どうしたの？／どうしたんですか
2. 詰（つ）める ： 充填
3. ぽっかり ： 突然裂開
4. しみる ： 刺痛
5. ～がどうの ： 對～說這說那
6. シクシクする ： 隱隱地刺痛
7. ゴリ（っ） ： 喀嚓（牙咬硬物發出的聲音）
8. 詰（つ）め物（もの） ： 充填物
9. お気（き）の毒（どく） ： 真可憐
10. 気（き）さくな ： 直爽

表現

1. 姪（めい）っ子（こ） ◂ 姪（めい）
2. いかにも ： 完全、的確
3. ガス欠（けつ）する ： 沒油
4. むくむ ： 浮腫
5. ゴキ（っ） ： 表示關節扭到時的疼痛的擬聲詞
6. 捻挫（ねんざ） ： 扭傷
7. 車庫入（しゃこい）れ ： 把車開進車庫
8. ガリガリ ： 刮削、摩擦硬物時發出的聲音
9. こする ： 蹭

談話練習

1. 吹（ふ）き出（で）物（もの） ： 小膿包，疹子

診察を受ける
しんさつ　　　　う

接受診察

タスク

歯医者での会話を聞いて、次のことを話し合ってみよう。
はいしゃ　　かいわ　　き　　　　　つぎ　　　　　　はな　あ

（解答例は巻末P169）
かいとうれい　かんまつ

🔊 155

1. チョウは歯科医にどんなことを訴えているか。その際、どのような
   しかい　　　　　　　　うった　　　　　　　　さい
   言い方をしているか。
   い　かた

2. 歯科医はチョウの歯の状態と治療について、どんな説明をしたか。
   しかい　　　　　は　じょうたい　ちりょう　　　　　　　せつめい

105

🔊155

チョウ	お願いします。
牧田先生	どうぞこちらに座ってください。アナさんから連絡もらいましたよ。友達が行くから**よろしくって** (1)。
チョウ	すぐ診てくださってありがとうございます。昨日からズキズキしちゃって……。熱持っちゃって。
牧田先生	うん、腫れてるね。はい、口を大きく開けてー、……あー、これね……ちょっとしみますよー。
チョウ	あぁ……。
牧田先生	ごめんなさいねー、しみますねー……あー、細菌が入っちゃってるんだな……。まず、レントゲン撮りましょう。
チョウ	はい……。

・・

牧田先生	（レントゲンを見ながら）ここのね、黒くなってるとこ、虫歯が進行して奥まで行っちゃって、膿んじゃってるんですね。
チョウ	そうですか。詰め物が取れてすぐ来て**たら、こんなことにならなかった** (2) のかな……。2週間もほっといたから……。
牧田先生	いや、**多分**、最初から虫歯だっ**たんだと思う** (3) よ。それで詰め物が取れたんでしょう。まず中を全部きれいに取って掃除して。細菌を殺す薬を入れます。
チョウ	痛いですか。
牧田先生	いや、麻酔するから大丈夫。じゃあ、麻酔しますよー、ちょっとチクっ**とします** (4) よー。
チョウ	はい、お願いします……。

・・

5

10

15

20

チョウ	アナさん、今日、牧田先生のとこ、行ってきた。	
アナ	どうだった？	
チョウ	うん、牧田先生、いい先生だね。全然痛くなかったよ。しばらく治療に通わなきゃいけないって言われちゃったけど。	
アナ	そりゃあ、1回じゃ終わんない**でしょ、普通** (5)。	5
チョウ	そうだけどさ、費用もバカにならないみたいだし。頭が痛いよ。アナさんは、虫歯放置して悪化させ**たってことある？** (6)	
アナ	ううん、ないよ。ていうか、私、虫歯1本もないし。	
チョウ	えーっ、それはすごい!!　じゃあ、なんで牧田先生のとこ行ってんの？	
アナ	歯のクリーニングとかチェックに。予防は大切だから。	10
チョウ	そうだね。気を付けるよ。	

コミュニケーション上のポイント

紹介してくれた人へのマナー

チョウはアナに紹介してもらった歯医者に行ったあと、アナに報告をしています。チョウとアナは共通の知人となった牧田先生の話や歯の話題で盛り上がります。紹介してくれた人に後日報告するというマナーは、就職やビジネスの場面においてのみ大切だというわけではありません。良好な人間関係を続けていく上で、日常生活の小さな場面でも心がけたほうがよいでしょう。

對介紹人應有的禮儀

小趙去看了安娜介紹的牙科醫生後，在向安娜做回報。小趙和安娜熱烈地聊著已成為他們共同朋友的牧田醫生和牙齒的話題。事後要向介紹人匯報的禮儀很重要，這並不是只限於在就職和商務場面。為了維持良好的人際關係，即使是在日常生活的細小場面也要留意去做才好。

(1) よろしくって

他の人が「よろしくお願いします」、「よろしくお伝えください」などと言っていたことを聞き手に軽く伝えたい時の表現。

用於想要把別人代轉的問候「よろしくお願いします」、「よろしくお伝えください」等非正式地轉達給聽者時的表現。

🔊 156

❶ A： さっき、X社の山本さんが急に訪ねてきてさ。Bさんにもよろしくって。
 B： えっ、そうなの？ 残念。会いたかったなー。
❷ A： 今日、奥さん来られないんですか。
 B： うん、子供の学校の行事でね。みんなによろしくって。
 A： そうですか。いらっしゃれなくて、残念です。

(2) ～たら、こんな／そんなことにならなかった

「もし～すれば、悪い状況にならなかった」と悔やむ気持ち、残念な気持ちを表したい時の表現。

"如果做～的話，就不會變得這麼糟糕了"，想要表示後悔、遺憾的心情時使用的表現。

🔊 157

❶ A： Bさん、先月の昇進試験、ダメだったって本当？
 B： うん……。試験の前の日、飲みに行っちゃったんだよね……。で、当日二日酔いでさー。
 A： あーあ。飲みに行ってなかったら、そんなことにならなかったのに……。
❷ A： 大野さんの奥さん、うち出てっちゃったみたいだよ。
 B： あー、なんかわかる気がする。大野さん、毎晩遅くまで飲み歩いてたもんね……。
 A： 大野さん、すっごく落ち込んでるよ。奥さん大切にしてたら、こんなことにならなかっただろうね。

(3) 多分、～たんだと思う

あることについての原因の分析をソフトに言いたい時の表現。

想比較溫和地說明對某件事起因的分析時使用的表現。

🔊 158

❶ A： Bさん、お腹痛いの、治った？
 B： うん、何とか……。多分、ゆうべ食べた牡蠣があたったんだと思う。

❷ A： Bさん、今年も野菜<ruby>沢山<rt>たくさん</rt></ruby><ruby>採<rt>と</rt></ruby>れた？

B： いや、今年はイマイチだったなー。<ruby>多分<rt>たぶん</rt></ruby>、今年は<ruby>猛暑<rt>もうしょ</rt></ruby>で<ruby>育<rt>そだ</rt></ruby>たなかったんだと<ruby>思<rt>おも</rt></ruby>うよ。

（4）　[擬態語] っとする

<ruby>体<rt>からだ</rt></ruby>や<ruby>心<rt>こころ</rt></ruby>の<ruby>状態<rt>じょうたい</rt></ruby>を<ruby>一言<rt>ひとこと</rt></ruby>、イメージで<ruby>伝<rt>つた</rt></ruby>えたい<ruby>時<rt>とき</rt></ruby>の<ruby>表現<rt>ひょうげん</rt></ruby>。

想要用一句話來形象地說明身體和心態的狀態時使用的表現。

> （<ruby>例<rt>れい</rt></ruby>）チクっ：<ruby>細<rt>ほそ</rt></ruby>いもので<ruby>刺<rt>さ</rt></ruby>すような<ruby>痛<rt>いた</rt></ruby>み
>
> 　　　　刺痛：像被細小的東西蟄了一下的疼痛
>
> 　　　ズキっ：<ruby>深<rt>ふか</rt></ruby>く<ruby>強<rt>つよ</rt></ruby>く<ruby>押<rt>お</rt></ruby>すような<ruby>痛<rt>いた</rt></ruby>み
>
> 　　　　抽痛：像被深深地、狠狠地刺了一下的疼痛
>
> 　　　ドキっ：<ruby>心臓<rt>しんぞう</rt></ruby>が<ruby>激<rt>はげ</rt></ruby>しく<ruby>動<rt>うご</rt></ruby>くような<ruby>感<rt>かん</rt></ruby>じ
>
> 　　　　怦然：用於心跳加速那樣的感覺時

🔊159

❶ <ruby>医者<rt>いしゃ</rt></ruby>：　　　<ruby>頭痛<rt>ずつう</rt></ruby>がするって、どのような<ruby>痛<rt>いた</rt></ruby>みですか。

　<ruby>患者<rt>かんじゃ</rt></ruby>：　　　<ruby>長時間<rt>ちょうじかん</rt></ruby>パソコンを<ruby>使<rt>つか</rt></ruby>ってると、<ruby>時々<rt>ときどき</rt></ruby>、こめかみがズキっとするんです。

❷ （バレンタインデーの<ruby>日<rt>ひ</rt></ruby>に）

　A： Bさん、ミキさんからチョコレートもらった？

　B： うん。もらった<ruby>瞬間<rt>しゅんかん</rt></ruby>、ドキっとしたけど……。はっきり「<ruby>義理<rt>ぎり</rt></ruby>チョコだ」って<ruby>言<rt>い</rt></ruby>われたよ。

（5）　～でしょ、<ruby>普通<rt>ふつう</rt></ruby>

「<ruby>誰<rt>だれ</rt></ruby>が<ruby>考<rt>かんが</rt></ruby>えても～は<ruby>当然<rt>とうぜん</rt></ruby>のことだ」と<ruby>軽<rt>かる</rt></ruby>く<ruby>言<rt>い</rt></ruby>いたい<ruby>時<rt>とき</rt></ruby>の<ruby>表現<rt>ひょうげん</rt></ruby>。

用於想要不很在意地表達，"這無論誰來想～都是理所當然的"之意時的表現。

🔊160

❶ A： <ruby>彼女<rt>かのじょ</rt></ruby>に<ruby>転職<rt>てんしょく</rt></ruby>したいって<ruby>言<rt>い</rt></ruby>ったら、<ruby>反対<rt>はんたい</rt></ruby>されてさ……。

　B： そりゃ、そうでしょ、これから<ruby>式<rt>しき</rt></ruby>を<ruby>挙<rt>あ</rt></ruby>げるぞって<ruby>時<rt>とき</rt></ruby>に<ruby>転職<rt>てんしょく</rt></ruby>なんてしたら、<ruby>心配<rt>しんぱい</rt></ruby>するでしょ、<ruby>普通<rt>ふつう</rt></ruby>。

❷ A： <ruby>彼<rt>かれ</rt></ruby>に<ruby>貯金<rt>ちょきん</rt></ruby>の<ruby>額<rt>がく</rt></ruby><ruby>聞<rt>き</rt></ruby>いたら、<ruby>引<rt>ひ</rt></ruby>かれちゃって……。

　B： えー、<ruby>恋人<rt>こいびと</rt></ruby>でも<ruby>聞<rt>き</rt></ruby>かないでしょ、<ruby>普通<rt>ふつう</rt></ruby>。

（6） ～たってことある？

「（特別な経験）をしたということがある？」と相手に聞く時のカジュアルな表現。

用於隨意打聽一下對方"你有過（什麼特別的體驗）嗎？"時的表現。

🔊161

❶ A： Bさんは、街でテレビのインタビューされたってことある？
　 B： 一度だけあるよ。突然で緊張したよー。でも結局放送されなかったんだけどね。
❷ A： 知り合いが亡くなって、お葬式に行くんだけど……。Bさんは、日本のお葬式に参列したってことある？
　 B： うん。結構マナーとかが複雑なんだよ。失礼があったらいけないから、ちゃんと調べてから行ったほうがいいよ。

1. 痛みの症状を医者に話す

向醫生述說疼痛的症狀

🔊 162（医者／患者）　🔊 163（医者）　🔊 164（患者）

医者	どうしました？
患者	昨日からお腹が痛くて。 多分、冷たいものを食べ過ぎたんだと思います。
医者	どんな痛みですか。
患者	昨日はシクシクしてたんですけど、今はキリキリしています。
医者	どの辺りですか。……ここ？
患者	痛っ!!　そこです……。

以下のような場面で話してみよう。
1. 医者Aに患者Bが腰の痛みについて話す。
2. 医者Aに患者Bが手のしびれについて話す。

A	どうしました？
B	（いつ）から（お腹／頭／腰／足／手／肩など）が痛くて。 什麼時候　　　　肚子・頭・腰・脚・手・肩等 多分、（理由を言う）たんだと思います。 　　　　談理由
A	どんな痛みですか。
B	（痛みを具体的に説明する）。 具體地說明疼痛感
A	どの辺りですか。……ここ？
B	痛っ!!　そこです……。

2. 勧めてくれた友人に報告する
向推薦給自己的朋友回報

🔊 165（友人A／友人B）　🔊 166（友人A）　🔊 167（友人B）

友人A	Bさん、ゆうべお勧めの居酒屋、行ってきた。
友人B	どうだった？
友人A	めっちゃ、おいしかったよ。友達もすごい喜んでた。
友人B	そう、よかった！ 店一押しの焼き鳥、出してもらった？
友人A	うん、食べた食べた!!　ヤバかったよ。
友人B	でしょ！

以下のような場面で話してみよう。
1. Aが、友人Bの勧めてくれたフォトスタジオへ行ったことを報告する。
2. Aが、友人Bの勧めてくれたスーツケースの修理店へ行ったことを報告する。

A	Bさん、（　勧めてくれた場所　）、行ってきた。 　　　　　　推薦給自己的地方
B	どうだった？
A	（　感想を言う　）よ。　（　補足する　）。 　談感想　　　　　　　　補充
B	そう、よかった！ （　店のサービスについて具体的に感想を聞く　）？ 打聽關於商店服務的具體感想
A	うん、（　答える　）よ。 　　　　　回答
B	（　答える　）！ 　回答

語彙リスト

本文会話

1. ズキズキする ： 一陣陣地抽痛
2. 腫れる ： 腫
3. 細菌 ： 細菌
4. レントゲン ： X光
5. 膿む ： 化膿
6. 麻酔する ： 麻醉
7. 終わんない ◂ 終わらない
8. バカにならない ： 不可小看

表現

1. 昇進 ： 晉級
2. あたる ： 中（毒）
3. イマイチ ： 差一點
4. 猛暑 ： 酷暑
5. こめかみ ： 太陽穴
6. 義理チョコ ： 情人節時，女性只是為了向男性表示感謝而贈送的巧克力
7. 引かれる ： 讓人掃興

談話練習

1. キリキリする ： 絞痛
2. 一押しの〜 ： 最推薦的
3. ヤバい ： 太棒了

富士山にツーリング

騎摩托車遊富士山

シーン 1

新しい仲間と出会う

結識新的伙伴

第 8 話

タスク

スティーブと夫婦の会話を聞いて、次のことを話し合ってみよう。　🔊168
（解答例は巻末P169）

1. スティーブと夫婦が知り合ったきっかけは何か。
2. スティーブは夫婦と一緒にどこへ何をしに行くか。

🔊 168

妻	すみませーん。写真、撮ってもらってもいいですか。	
スティーブ	ええ、いいですよ。……はい、撮りまーす。イチ、二、サン！	
妻	ありがとうございます！	
スティーブ	ご夫婦で走ってるんですか。	
夫	うん。そっちは一人？	5
スティーブ	ええ。職場でもプライベートでも、バイク乗ってる知り合いがいなくて……ツーリング仲間見つける**のって、**難しいです**よね**(1)。	
妻	そんなことないって！　結構、多いよ。ツーリング中に友達になることだってあるし。ほら、もううちらだって、仲間でしょ？	
スティーブ	はは……そうですね。	10
夫	俺ら、これから飯食いに行くんだけど、よかったら、一緒にどう？	
スティーブ	**いいんですか**(2)。	
夫	うん。ガイドブックに載ってないうまい蕎麦屋がこの先にあるんだ。	
スティーブ	蕎麦！　いいですね！	
夫	じゃあ、後ろからついてき**てよ**(3)。	15
スティーブ	はい。	
夫	念のため、俺の電話番号と店の住所送るから。	
スティーブ	ありがとうございます。……あ、来ました。	
夫	見失ったら、電話する**ってことで**(4)。	
スティーブ	**了解です**(5)！	20

コミュニケーション上のポイント

初対面の人と話す時 ～相手が「いい」と言っても気遣いを！～

スティーブがツーリングで知り合ったばかりの夫婦から食事に誘われて「いいんですか。」（12行目）と聞いています。日本ではマナーとして、相手から過分な贈り物を「どうぞ」と言われた時にも、受け取る前に「いいんですか」などの遠慮を表す言葉がよく使われます。同様に初対面の人からその人のグループに招かれた時には、一度遠慮してみせる気遣いが大切です。

和初次見面的人交談時，對方即使說了"可以"也要注意客氣一下！

在觀光旅行中剛剛認識的夫婦邀請史蒂夫一起去吃飯，史蒂夫客氣地問「いいんですか。」（可以嗎？）（第12行）。在日本，作為一個禮儀，當對方贈送貴重的禮物給自己，說"請收下"的時候，在接受之前也經常會說「いいんですか」（可以嗎？）等表示客套的話。同樣，應初次見面的人邀請加入對方的朋友圈時，先婉拒一次表示客氣是非常重要的。

(1) ～のって、…よね

自分の意見について、「あなたもそう思うでしょ？」と相手に共感を求めたい時に使う表現。

"你也這樣想是吧？"，用於想要就自己的意見，尋求對方的同感時的表現。

🔊 169

❶ A： 人に注意するのって、神経使いますよね。

    B： そうそう。注意するほうも気分悪いよね。

❷ A： ペットを人に預けるのって、心配だよね……。

    B： そうだね。うちはどうしてもっていう時は、親に預けてるよ。

(2) いいんですか

相手に何かを勧められたり、誘われたりした時に、それを受け入れていいのか、遠慮しながら確認する時の表現。

受到對方勸說或邀請，先客氣一番來確認是不是可以接受時使用的表現。

🔊 170

❶ A： 今日はごちそうするよ。

    B： いいんですか……。

    A： もちろん。お祝いだからね。

    B： ありがとうございます。

❷ A： 今までお世話になりました。これ、ほんの気持ちなんですが……。

    B： えっ、いいんですか。

    A： どうぞ。

    B： どうもありがとう。

(3) ～てよ

相手に対し、強く勧めたり、依頼したい時の表現。語気が強いと不満を述べているような印象になるので注意する。

向對方強烈地推薦、委託時使用的表現。要注意的是，如果語氣激烈就會給人在訴說不滿的印象。

🔊 171

❶ A： ほら、肉焼けてる。どんどん食べてよ。

    B： うん、わかった。

❷ A： 結局何が言いたいの。結論から言ってよ。

　 B： そう言われても……。自分でもよくわからないんだよ……。

（4）　〜ってことで

「〜ということにしよう」と話の終わりに相手と確認し合う時の表現。「じゃあ、
〜ってことで」、「じゃあ、そういうことで」は話を切り上げる時によく使う。

"就〜這樣定了吧？"，這是在交談結束時和對方互相確認的表現。「じゃあ、〜ってことで」、
「じゃあ、そういうことで」在談話結束時經常使用。

🔊 172

❶ A： じゃあ、あした。

　 B： うん、8時に四ツ谷駅の改札ってことで。

　 A： オッケー！

❷ A： じゃあ、今後については、みんなと相談の上で決めるってことで。

　 B： そうだね。

（5）　了解です

相手の指示や依頼を「わかった」と受け入れる時に使う表現。「承知しました」、
「わかりました」よりやや軽い表現なので、目上の人に使う際は注意が必要。

等同於"知道了"，是接受對方的指示和委託時使用的表現。是比「承知しました」、「わかりまし
た」更為隨意的表現，所以用於對長輩、上司、年長者時一定要注意。

🔊 173

❶ A： じゃあ、連絡係はBさん、お願い。

　 B： 了解です。

❷ A： 作業でわからないことがあったら、こっちに連絡して。

　 B： 了解です。

談話練習

1.新しい仲間を誘う

邀請新伙伴

🔊 174（先輩／後輩）　🔊 175（先輩）　🔊 176（後輩）

先輩	Bさん、うちらこれからご飯行くんだけど、一緒にどう？
後輩	いいんですか。
先輩	もちろん！　今日は授業、早く終わったし、 こんな機会めったにないからぜひ。
後輩	はい。行きます！
先輩	よかった！

以下のような場面で話してみよう。
1. 先輩Aが後輩Bを梨狩りに誘う。
2. 先輩Aが後輩Bをロックフェスに誘う。

A	Bさん、うちら　（　予定を話す　）　んだけど、一緒にどう？ 　　　　　　　　　　　談預定
B	いいんですか。
A	もちろん！　（　理由を言う　）　し、 　　　　　　　　談理由 （　補足する　）　からぜひ。 補充
B	はい。行きます！
A	よかった！

2. 相手の話を聞いて新しい情報を伝える
聴對方講述後、告知新的信息

🔊 177（後輩／先輩）　🔊 178（後輩）　🔊 179（先輩）

後輩	夜の学校で友達作るのって難しいですよね。
先輩	まあ、みんな仕事で忙しいからね。
	でも結構SNSとかでつながったりしてるよ。
後輩	そうなんですか。
先輩	うん。飲み会の情報なんかも共有してるよ。
後輩	そうなんですか。じゃあ、Bさんのアカウント、教えてください。

以下のような場面で話してみよう。

1. 上司とのジェネレーションギャップについて、後輩Aの話を聞いて、先輩Bが情報を伝える。
2. 恋人のスマホを見てもいいかについて、後輩Aの話を聞いて、先輩Bが情報を伝える。

A　　（ 話題 ） のって （ 話題について感想を言う ） よね。
　　　話題　　　　　　　　　談關於話題的感想

B　　（ 同意する ） 。
　　　同意

　　　でも （ 新しい情報を伝える ） よ。
　　　　　　告知新的信息

A　　そうなんですか。

B　　うん。（ 補足する ） 。
　　　　　　補充

A　　（ 答える ） 。
　　　回答

本文会話

1. ツーリング仲間：摩托車車友
2. うちら ◀ 私たち
3. ついてくる：跟著
4. 見失う：跟丟了

表現

1. 神経（を）使う：費神
2. 気分（が）悪い：不舒服
3. ほんの気持ち：一點心意
4. どんどん：連續不斷
5. 結論：結論

仲間とご飯
なかま　　　　はん

和伙伴一起吃飯

タスク

スティーブと夫婦の会話を聞いて、次のことを話し合ってみよう。
ふうふ かいわ き　　　　　　つぎ　　　　　　はな　あ
（解答例は巻末P170）
かいとうれい かんまつ

1. 夫はスティーブを何に誘っているか。
おっと　　　　　　　なに さそ
2. スティーブへの気遣いが感じられる夫婦の発言はそれぞれ何か。
きづか　かん　　　　　ふうふ はつげん　　　　　なに

◁»180

🔊 180

（蕎麦屋で）

スティーブ　うわー！　このざる蕎麦、おいしいですね。ついてき**てよかったです** (1)！

妻　　　　　でしょう？　新規開拓したいって思ってネットでいろいろ探すんだけど、**なんだかんだ言って、** (2) またここに来ちゃうんだよね。　　　　　5

スティーブ　わかります！　僕も新しいラーメン屋行きたいなって思っても、結局いつも同じ店に落ち着いちゃうんですよね。ここは、ざる蕎麦以外もおいしそうですね。

妻　　　　　うん、めっちゃおいしいよ。

夫　　　　　ところでさ、知り合ったばかりで**なんだけど** (3)、来月の12日って空いてない？　他の仲間と秩父のほうに行くんだけど。　　　　　10

スティーブ　秩父ですか。いいですね！　行ったことないんですよ。

妻　　　　　12って、連休ど真ん中じゃん。彼女さんと予定あるんじゃないの？

スティーブ　いや、今んとこは……。お互い、仕事忙しいんで。休みの間際になんないと、予定立てられないんです。　　　　　15

妻　　　　　じゃ、なおさらうちらと約束する**わけにはいかないでしょ** (4)。彼女さんのために空けといてあげなよ。

スティーブ　**ですよね** (5)……。

夫　　　　　じゃあ、もし彼女さんが仕事休めなかったら、連絡してよ。こっちは直前でもかまわないから。　　　　　20

スティーブ　ありがとうございます。じゃ、そうさせてもらいます。

コミュニケーション上のポイント

「わかります」と「わかりました」の違い

蕎麦屋で妻が「いろいろ探すんだけど、……またここに来ちゃう」（ぐらいこの店が好きだ）（4〜5行目）と言った時、スティーブは「わかります！」（6行目）と言っています。これは、「あなたのその気持ちは私にもわかる」という意味で、相手への共感を表します。これに対し、「わかりました」は「私はあなたの言葉をたった今、理解しました」という意味で、相手の考えを受け入れたことを表します。相手に共感しているかどうかは関係ありません。似ていますが意味は全く違うので注意しましょう。

「わかります」和「わかりました」的不同

在蕎麥麵店裡，妻子說：「いろいろ探すんだけど、……またここに来ちゃう」（找了各式各樣的店，結果還是來了這家）（這麼喜歡這家店）（第4〜5行）。這時史蒂夫說道：「わかります！」（第6行），這是表示與對方同感，意思是"我也理解你的這種心情"。對此，「わかりました」則是表示接受了對方的想法，意思是"你的話我現在理解了"，這和是否與對方有同感無關。要注意的是，儘管相似，但意思卻完全不同。

（1）　〜てよかった

「〜したことがよい結果となって、うれしい、または安心した」と言いたい時の表現。

想要說 "做過的〜，現在有了好結果，感到高興、放心" 時使用的表現。

🔊 181

❶ A：　合格おめでとう！

　　B：　ありがとうございます。何度も心が折れそうになったけど、あきらめなくてよかった！

❷ A：　外、大雨だよ。

　　B：　ホント?!　朝、天気よかったのに……。傘持ってきといてよかったー！

（2）　なんだかんだ言って、〜

「いろいろ言うけど、結局は〜だ」と言いたい時の表現。

想要說 "這個那個地說了很多，結果還是〜" 時使用的表現。

🔊 182

❶ A：　女性の活躍とか言ってるけどさ、うちの会社の女性管理職なんてほとんどいないよね。

　　B：　まあ、なんだかんだ言って、まだまだ大企業は男性中心だからさ。

❷ A：　親が結婚しろってうるさくてさー。

　　B：　なんだかんだ言って、心配なんだよ。

（3）　なんだけど

「あなたには失礼かもしれないけど」と言いたい時に使う前置きの表現。

想要說 "對你來說也許有些失禮，但〜" 時使用的開場白。

🔊 183

❶ A：　後輩の私が言うのもなんですけど、それはちょっとまずいんじゃないですか。

　　B：　やっぱそう思う？

❷ A：　あれ、ティッシュがない。なんで?!

　　B：　使いかけでなんだけど、これあげる。

　　A：　助かる！　ありがとう！

(4) ～わけにはいかないでしょ

「社会的常識から考えて～することはできない」と言いたい時の表現。「～ないわけにはいかない」は、「～しなければならない」という意味。

想要說"從社會常識來考慮不能做～"時使用的表現。「～ないわけにはいかない」是"必須～"的意思。

🔊 184

❶ A： 結婚式、延期するんだって？
　 B： 父が入院しちゃって。さすがにやるわけにはいかないでしょ。
❷ A： あれ？　今日は早く帰るって言ってなかったっけ？
　 B： それがさ、急にクライアントとの打ち合わせが入っちゃって。出ないわけにはいかないでしょ。

(5) ですよね

相手の言っていることに「そうですよね」と同意する時の表現。「そうですよね」よりカジュアルな表現。

"是這樣呢"，就對方所說內容表示贊同時使用的表現。是比「そうですよね」更為隨意的表現。

🔊 185

❶ A： 課長、もうちょっと仕事のやり方考えてくんないかねー。
　 B： ですよね……。
❷ （店で）
　 A： 焼き鳥はやっぱ地鶏じゃないとな。
　 B： ですよね！

1.連れてきてもらった感想を言う

談帶自己來之後的感想

🔊 186（後輩／先輩）　🔊 187（後輩）　🔊 188（先輩）

後輩	温泉、気持ちいいですね。恥ずかしかったけど、来てよかったです！
先輩	でしょう？ 日本に温泉はいっぱいあるけど、 なんだかんだ言ってやっぱりここが一番なんだよね。
後輩	ホントですか！　初めてで最高の温泉なんて私はラッキーですね。
先輩	うん、自分で言うのもなんだけど、ここ知ってる人、あんまりいないからさ。
後輩	そうですか。ありがとうございます。

以下のような場面で話してみよう。
1. 後輩Aが先輩Bに梨狩りに来た感想を言う。
2. 後輩Aが先輩Bにロックフェスに来た感想を言う。

A	（ 感想を言う ） ね。　　（ 感想を言う ） てよかったです！ 　　談感想　　　　　　　　　　　談感想
B	でしょう？ （ 他の選択肢もあると言う ） けど、 告知也有其他選擇 なんだかんだ言って （ 結論を言う ） ね。 　　　　　　　　　　　　談結論
A	（ 答える ） ！　（ 感想を言う ） ね。 　回答　　　　　　　談感想
B	うん、（ 謙虚に言う ） けど、（ 自慢する ） 。 　　謙虚地說　　　　　　向別人吹噓自己知道的事情
A	そうですか。ありがとうございます。

2. 仲間を遊びに誘う

約伙伴出去玩

🔊 189（同僚A／同僚B）　🔊 190（同僚A）　🔊 191（同僚B）

同僚A	今週末、海行かない？
同僚B	いいね！　金曜日も休めば、4連休になるよ。 木曜日、祝日だし。
同僚A	プロジェクトの真っ最中だから、そんなに休むわけにはいかないでしょ。
同僚B	だよね……。何言われるかわかんないよね。 じゃあ、来月の3連休にしない？
同僚A	それはまた考えるとして、とりあえず、今週の土日に行こうよ。天気よさそうだし。
同僚B	わかった。そうしよう。

以下のような場面で話してみよう。

1. AがBをリニューアルした水族館に誘う。
2. AがBをバスツアーで行く陶器市に誘う。

A	（ 遊びに誘う ）　ない？ 約出去玩
B	（ 同意する ）　！　（ 提案する ）　よ。 同意　　　　　　　　提出建議 （ 理由を言う ）　し。 談理由
A	（ 理由を言う ）　から、（ 反対する ）　わけにはいかないでしょ。 談理由　　　　　　　　　　　　反對
B	だよね……。　（ 感想を言う ）　ね。 　　　　　　　　談感想 じゃあ、　（ 代案を出す ）　ない？ 　　　　　提出替代案
A	（ 最初の案を押す ）　うよ。　　　（ 理由を言う ）　し。 堅持最初的方案　　　　　　　　　　談理由
B	わかった。そうしよう。

語彙リスト

本文会話

1. 新規開拓する（しんきかいたく） ： 開闢新的~
2. 落ち着く（おっ） ： 結果還是~
3. ど真ん中（まなか） ： 正中間
4. 間際（まぎわ） ： 快要~之前

表現

1. 心が折れる（こころお） ： 感到挫折，灰心
2. 管理職（かんりしょく） ： 管理職位
3. 使いかけ（つか） ： 已經用了一部分
4. 考えてくんない（かんが） ◀ 考えてくれない（かんが）
5. 地鶏（じどり） ： 土雞（肉）

談話練習

1. 真っ最中（まさいちゅう） ： 正當中
2. 陶器市（とうきいち） ： 陶器市場

第9話
久しぶりのデート

久違的約會

シーン1

映画館で話題作を観る

在電影院看熱門大片

タスク

映画館での会話を聞いて、次のことを話し合ってみよう。

🔊 192

（解答例は巻末P170）

1. チョウは他の客に何と言われたか。
2. 映画のあと、チョウは何を思い出したか。その際、何と言っている

か。

本文会話

🔊 192

（席で）

他の客　　　あのー、すみません。席、違ってる**と思うんですけど**……(1)。

チョウ　　　え?!　ここKの25じゃ……。

他の客　　　この列、Jだから、一つ後ろの席**じゃないですか**(2)。

チョウ　　　あっ、すみません！　すぐどきます。　　　　　　　　　　　　　5

- -

（映画が終わって）

マニー　　　あー面白かったね！

チョウ　　　そうだねー。あ、コート着**ちゃえば？**(3)　外寒いし。かばん、持ってるよ。

マニー　　　ありがとう。

チョウ　　　**あ！　そうだ！**　ここ、このシネコン限定のグッズ売ってた**んだ**(4)！　　10
　　　　　　マニーちゃん、悪いけど、ちょっと売店に寄ってってもいい？

マニー　　　うん。いいよ。私もその限定グッズ、ほしいな。

チョウ　　　じゃ、行こう！　売り切れちゃうといけないから、急ごう！

マニー　　　**そんな、走らないでよ**……。私、走るの苦手なんだ**から**(5)……。チョウ
　　　　　　君、先に行っていいよ。　　　　　　　　　　　　　　　　　　15

チョウ　　　そう？　いいの？

マニー　　　うん。でも、売り切れちゃうかもしれないから、ついでに私の分も買っ

　　　　　　といてくんない？

チョウ　　　オッケー！　じゃ、先行くね！

コミュニケーション上のポイント

相手のミスを指摘する時は直接的な表現を避けよう！

客がチョウに「あのー、すみません。席、違ってると思うんですけど……。」（2行目）「一つ後ろの席じゃないですか。」（4行目）などといった表現で、ミスを指摘しています。相手のミスについて「席、間違えてますよ」「一つ後ろの席ですよ」と直接的な言葉で指摘すれば、相手は嫌な気持ちがします。ミスを指摘する場合は、相手のプライドを傷つけないように、「間違える」よりソフトな「違う」を選び、「違ってるようなんですけど……」などの婉曲表現を使って伝えましょう。

指出對方的錯誤時，要避免使用直接的表現！

客人用「あのー、すみません。席、違ってると思うんですけど……。」（那個，不好意思，你好像坐錯了位子……）（第2行）、「一つ後ろの席じゃないですか。」（你的位子是後面那邊吧？）（第4行）這樣的表現指出小趙的錯誤。就對方的錯誤，如果用「席、間違えてますよ」（你坐錯了位子）「一つ後ろの席ですよ」（你的位子是後面那個）這樣直接的說法，會讓對方感到不快。指出別人的錯誤時，注意不要傷害對方的自尊心，比起「間違える」，選擇比較溫和的「違う」，用「違ってるようなんですけど……」等委婉的表現告訴對方更好。

(1) 〜と思うんですけど……

自分は「〜だ」と確信しているが、そのことを相手にソフトに主張したい時の表現。

雖然確信自己〜，但想要比較委婉地告訴對方自己這一主張時使用的表現。

🔊 193

❶ A： お待たせしました。カレーセットです。
　 B： えっと、私が頼んだの、パスタセットだと思うんですけど……。
　 A： 失礼いたしました。
❷ A： 先輩、これ、フロリダのオレンジじゃなくて、日本のみかんだと思うんですけど……。
　 B： そう？　私にはどっちもおんなじ味に感じるけど。

(2) 〜じゃないですか

「それって〜じゃないですか」のように、相手がわかっていないことや、相手の思い違いを指摘する時に使う表現。

「それって〜じゃないですか」像這樣，用於指出對方還不理解的、或對方誤解的事情時的表現。

🔊 194

❶ A： あれ？　何これ？　紙が出てこないよー！
　 B： それって、そこの赤いボタン押せば出てくるんじゃないですか。
❷ A： この表、左右が合ってない。なんでだろ？
　 B： それって、1行ずつずれてるんじゃないですか。
　 A： あ、ホントだ。

(3) 〜ちゃえば？　　　　　　　　　　　　　→〜てしまえば？

「〜したらどう？」と相手に行動するよう促す時の表現。

"做〜吧，怎麼樣？"這是催促對方行動時使用的表現。

🔊 195

❶ A： この鍋、便利そう。ほしいなあ。
　 B： 買っちゃえば？　来月ボーナス出るでしょ？
❷ A： 最後の1個、どうする？
　 B： Aさん、もらっちゃえば？　大好物なんでしょ？

（4）あ！ そうだ！ ～んだ

何かを急に思いついたり、思い出したりした時の表現。

突然想到什麼，或想起来了什麼時使用的表現。

🔊196

❶ （帰宅の途中）

A： あー腹減った。うちに何かある？

B： あるかなあ……？　あ！　そうだ！　冷蔵庫にカレーがあったんだ。それ食べよう！

❷ A： Bさん、山田さんが呼んでるよ。早く来いって。

B： あ！　そうだ！　3時から役員会の準備があったんだ！

（5）そんな、～ないでよ。…から

相手の行動に対し、「…から、びっくりするような（程度の高い）ことはしないでください」と言いたい時のカジュアルな表現。

就對方的行動，想要說"因為～，別做這樣太讓我吃驚（太嚇着我）的事情"之時使用的隨意表現。

🔊197

❶ A： 一緒に住まない？

B： そんな、突然言わないでよ。こっちにも心の準備ってもんがあるんだから。

❷ （ゲームしながら）

A： いけいけっ！　あー、もう！

B： ちょっと、そんな、カッカしないでよ。こっちまで焦ってくるから。

1. 相手のミスを指摘する
指出對方的錯誤

🔊 198（後輩／先輩）　🔊 199（後輩）　🔊 200（先輩）

後輩	あのー、すみません。Bさん。
先輩	何ですか。
後輩	あの、このお知らせの開始時間、午後2時だと思うんですけど……。
先輩	えっ、違ってる？
後輩	14時ってあるから、午後4時じゃなくて、午後2時じゃないですか。
先輩	ごめん。すぐ訂正して送るよ。
後輩	よろしくお願いします。

以下のような場面で話してみよう。

1. Aが、報告書の数字の単位が違っていることを同僚Bに指摘する。
2. Aが、書類の漢字が間違っていることを同僚Bに指摘する。

A	あのー、すみません。Bさん。
B	何ですか。
A	あの、この　（ 何についてのミスか切り出す ）、 開始談關於什麼的錯誤 （ ミスを指摘する ）　と思うんですけど……。 指出錯誤
B	えっ、違ってる？
A	（ 理由を言う ）　から、 談理由 （ ミスを具体的に指摘する ）　じゃなくて、 具體地指出錯誤 （ ミスを正す ）　じゃないですか。 糾正錯誤
B	ごめん。すぐ訂正して送るよ。
A	よろしくお願いします。

2. 相手に軽く勧める
給對方小小的建議

🔊 201（同僚A／同僚B）　🔊 202（同僚A）　🔊 203（同僚B）

同僚A	あー疲れた。これから帰ってご飯作るのめんどくさいなあ。
同僚B	コンビニかどっかで買って帰っちゃえば？
同僚A	あ！　そうだ！　今日からコンビニ・ワンで限定スイーツ始まったんだ！
同僚B	スイーツ……。晩ご飯でしょ。
同僚A	売り切れちゃうといけないから、お先に！

以下のような場面で話してみよう。
1. 友人AにBが、髪を切ることを勧める。
2. 休日の過ごし方について、同僚AにBが提案する。

A	（ 愚痴を言う ）　。　　　　　（ 補足する ）　なあ。 發牢騷　　　　　　　　　　　補充
B	（ 勧める ）　ちゃえば？ 建議
A	あ！　そうだ！　（ 思い出す ）　んだ！ 想起來
B	（ 感想を言う ）　。 談感想
A	（ 答える ）　！ 回答

語彙リスト

本文会話

1. どく ： 讓開
2. シネコン ： 影城
3. 限定（の）グッズ ： 限定商品
   <small>げんてい</small>

表現

1. フロリダ ： 佛羅里達
2. みかん ： 橘子
3. ずれる ： 錯位
4. 大好物 ： 最愛吃的東西
   <small>だいこうぶつ</small>
5. 腹（が）減る ： 餓了
   <small>はら</small> <small>へ</small>
6. 役員会 ： 董事會
   <small>やくいんかい</small>
7. カッカする ： 發火

談話練習

1. 訂正する ： 訂正
   <small>ていせい</small>

シーン**2**

カフェで批評会

在咖啡店開批評會

タスク

チョウとマニーの会話を聞いて、次のことを話し合ってみよう。　◁)) 204
（解答例は巻末P170）

1. チョウとマニーは映画について、それぞれどんな感想を述べているか。

2. チョウはどんな気持ちでマニーを誘っているか。それはどんな表現からわかるか。

🔊 204

チョウ	映画、面白かったね。やっぱ、SF映画は大きいスクリーンで観る**に限る****ね**(1)。限定グッズも二人分買えたし。今日、観に行けてよかったよ。
マニー	そうだね。原作の漫画読んでたから、ストーリーはわかってたけど。音楽や音が入ると、また違うね。
チョウ	だよねー。そういえば、マニーちゃん、主人公の声、どう思った？ 5
マニー	どうって？
チョウ	主人公ってさ、落ち着いた大人って感じじゃん？ 映画の声、甲高くなかった？ 僕がイメージしてたのとちょっと違ったなあ……。
マニー	そう？ 私はあんまり違和感なかったけど。それより、最後の15分ぐらい、展開が早過ぎなかった？ 10
チョウ	ああ、確かに。原作はあのシーンだけで100ページぐらいあるのにね。
マニー	うん。ちょっとあっさりし過ぎ。
チョウ	だよねー。原作通りだったら、もっと感動して泣けたのにな。
マニー	ホント！ そうだよねー。
チョウ	パート2やるかなあ。やるんだったら、もうちょっと原作に忠実に作っ 15 てほしいな。
マニー	私もそう思う！

・・・・・・・・・・・・・・・・・・・・・・・・・・・・・・・・・

（カフェを出て）

チョウ	……あ、あのさ、マニーちゃん。今日、このあと空いて**たりしない？**(2)
マニー	え？ なんで？ 20
チョウ	もし、**もしよかったらなんだけど**(3)、これからうちのシェアハウスに来ない？
マニー	チョウ君のシェアハウスに？
チョウ	うん。シェアハウスのみんなが、マニーちゃんに会ってみたいって言うんだ。 25
マニー	うーん……。今日はやめとく**わ**(4)。帰って、早くグッズ見たいし。
チョウ	そっか……。そうだよね。
マニー	うん。今日は楽しかった！ じゃあ、またねー！
チョウ	あー、そんな走ると危ないよー！

コミュニケーション上のポイント

友達に否定的な意見を言う前に、探りを入れて調整しよう！

チョウがマニーに、映画の主人公の声が自分のイメージと違っていた（ので残念だった）と言う前に「主人公の声、どう思った？」（5行目）と聞いています。ここでは、マニーにまず意見を聞き、その答えによって自分の意見の言い方を調整しようという意図が見て取れます。もし、マニーがチョウと同じように主人公の声に賛成できないという意見だったら、チョウはもっと積極的に批判していたでしょう。マニーの返答が「どうって？」（6行目）というどちらともつかないものだったので、チョウは「僕がイメージしてたのとちょっと違ったなあ……。」（8行目）と控えめな批判に抑えています。意見を戦わせることを避ける話術と言えるでしょう。

在對朋友說出否定意見之前，先試探一下對方的反應，再來調整一下怎麼說！

小趙說"電影主人公的聲音和自己想像的不一樣（為此而感到遺憾）"之前，先問瑪尼「主人公の声、どう思った？」（你覺得主角的聲音怎麼樣？）（第5行）。在此，我們可以看出，他的意圖是想先聽聽瑪尼的意見，然後再根據她的回答來調整自己該怎麼說。如果瑪尼和小趙的意見一樣，不喜歡主角的聲音的話，小趙可能就會更積極地加以批評吧。而瑪尼的回答是怎麼想都行的「どうって？」（"怎麼樣"是說～？）（第6行），所以小趙就使用了比較低調的批評「僕がイメージしてたのとちょっと違ったなあ……。」（我覺得和想象的有點不一樣……）（第8行）。這可以說是避免發生意見衝突的談話技巧。

（1） ～は…に限るね

「～は…が一番いい」と相手に共感を求めたい時に使う表現。

"～最好是……"，是希望徵得對方同感時使用的表現。

🔊 205

❶ A： このウナギ、うまっ。養殖物とは全然違うね。
　 B： うん。臭みも全くない。やっぱうなぎは天然物に限るね。
❷ A： 台風、上陸しそうだね。電車、運休になるかもね。
　 B： こんな日は早く帰るに限るね。

（2） ～たりしない？

軽く誘ったり、お願いしたい時に使うカジュアルな表現。「断られても私は全然気にしないから」と、相手に負担をかけたくないという気持ちを含んでいる。

很隨便地向對方提出邀請、拜託時使用的隨意表現。含有“即便被回絕，我也完全不介意”這樣不想給對方造成負擔的心情。

🔊 206

❶ A： Bさん、スマホの充電器、持ってたりしない？
　 B： あ、持ってるよ。はい。
　 A： ありがとう。ちょっと借りるね。
❷ A： Bさん、みんなで海行く話なんだけどさ、Bさんの車、出せたりしない？
　 B： いいよ。でも運転は交代ね。

（3）　もしよかったらなんだけど

遠慮がちに誘ったりお願いしたりする時に、話を切り出す表現。相手の負担にならないようにという配慮を含んでいる。

客氣地向對方提出邀請、拜託時，用於切入話題的表現。含有盡量不給對方造成負擔的心情。

🔊 207

❶ A：　Bさん、今晩暇？

　　B：　特に何もないけど、どうして？

　　A：　もしよかったらなんだけど、婚活パーティー、一緒に行ってみない？

　　B：　えー?!

❷ A：　Bさん、クラシック好きだったよね？

　　B：　うん。

　　A：　もしよかったらなんだけど、ベルリンフィルのコンサートのチケット、1枚余っちゃって。安く買ってくれない？

　　B：　日にちはいつ？

（4）　〜わ

自分のコメントや意志を表す文の最後につける。「〜よ」よりもやや冷たく、相手に軽く言い放つ印象を与える。

放在表示自己的評論和意志的句子的句尾。比 "〜よ" 稍顯冷淡，會給對方以輕微斷定的印象。

🔊 208

❶ A：　誰か手、空いてない？　ちょっと手伝ってもらいたいんだけど。

　　B：　あー、今、そっち行くわ。

❷ （テレビでお笑い番組を見ながら）

　　A：　この人、前はすごく面白かったけど、最近はイマイチだね。

　　B：　うん、ホント。つまんないわ。

1. 感想を言い合う

Exchanging impressions of something / 互相談感想

🔊 209（友人Ａ／友人Ｂ）　🔊 210（友人Ａ）　🔊 211（友人Ｂ）

友人Ａ	面白かったね。
友人Ｂ	うん。やっぱ、サッカーは生で観るに限るね！
友人Ａ	そうだね。テレビも細かいところまでよく見えていいけどさ。 一体感が違うよね。
友人Ｂ	だよねー。最後の５分なんて、ハラハラしっぱなし。
友人Ａ	よく耐えたよねー。
友人Ｂ	ホント、そうだよねー。

以下のような場面で話してみよう。

1. コンサートのあとで、友人ＡとＢが感想を言い合う。
2. 花火大会のあとで、友人ＡとＢが感想を言い合う。

Ａ	（ 感想を言う ）ね。 談感想
Ｂ	うん。やっぱ、（ 感想を言う ） に限るね！ 　　　　　　　　　談感想
Ａ	そうだね。（ 感想を言う ） けどさ。 　　　　　　　談感想 （ 感想を言う ）よね。 談感想
Ｂ	（ 同意する ）。　（ 感想を言う ）。 同意　　　　　　　　談感想
Ａ	（ 感想を言う ）。 談感想
Ｂ	（ 同意する ）。 同意

2. デートに遠慮がちに誘う
比較客氣地邀人約會

🔊 212（友人A／友人B）　🔊 213（友人A）　🔊 214（友人B）

友人A	今晩、時間あったりしない？
友人B	え？　なんで？
友人A	もしよかったらなんだけど、晩ご飯行かない？
友人B	え、二人で？
友人A	うん、六本木の炉端焼き。 前にBさん、行きたいって言ってたじゃん。
友人B	えー。じゃあ、行こっかな。
友人A	うん。おいしいよ。

以下のような場面で話してみよう。

1. AがBを美術館に遠慮がちに誘う。
2. AがBを遊園地に遠慮がちに誘う。

A	（ 都合を聞く ）　たりしない？ 打聽是否方便
B	え？　なんで？
A	もしよかったらなんだけど、（ 誘う ）　ない？ 邀請
B	（ 内容を確認する ）　？ 確認內容
A	（ 答える ）　。 回答 （ 補足する ）　って言ってたじゃん。 補充
B	（ 答える ）　。 回答
A	（ 答える ）　。 回答

語彙リスト

本文会話

1. 原作（げんさく） ： 原著
2. 甲高い（かんだかい） ： 尖（聲）
3. 違和感（いわかん）（が）ある ： 感到彆扭
4. 展開（てんかい） ： 展開
5. シーン ： 場面
6. 忠実な（ちゅうじつな） ： 忠實

表現

1. 養殖物（ようしょくもの） ： 養殖物
2. 臭み（くさみ） ： 土腥味
3. 充電器（じゅうでんき） ： 充電器
4. 婚活（こんかつ）パーティー ： 聯誼晚會、婚介晚會
5. お笑い番組（わらいばんぐみ） ： 搞笑節目
6. つまんない ◀ つまらない

談話練習

1. 一体感（いったいかん） ： 一體感
2. ハラハラする ： 提心吊膽
3. 炉端焼き（ろばたや） ： 爐端燒，在客人面前，把魚肉蔬菜用爐子邊烤邊給客人吃的料理

第10話
新 しい 道

新的道路

シーン1

タクシーで金沢観光

搭計程車遊金澤

タスク

アナとタクシー運転手の会話を聞いて、次のことを話し合ってみよう。　◁))215
（解答例は巻末P171）
1. 金沢についてアナはどんな印象を持ったか。
2. そのことを何と言って表しているか。

🔊 215

（金沢駅前のタクシー乗り場で）

アナ	市内を観光したいんですけど、料金は……。
運転手	1時間、5,100円です。
アナ	東茶屋へ行って、兼六園見て、武家屋敷に行く。これで何時間かかります
	すか。
運転手	そうねえ、3時間ぐらいかな。
アナ	あ、忍者寺にも行きたいんですけど、3時間で何とかなりませんか。
運転手	うーん、兼六園の時間を短くすれば、何とかなるけど……。
アナ	わかりました。それでお願いします。

運転手	お客さんはどちらの国の方？
アナ	ブラジルです。今は東京在住ですけど。
運転手	**金沢は初めて？**(1)
アナ	はい。金沢って、京都に似てるっていうから、どんなところ**だろうって、**
	前から来てみたかった**んです**(2)。でも、駅前はとってもモダンなんで、
	びっくりしました。
運転手	ああ、ガラスの建造物でしょ？　もてなしドームって言って、お客さん
	に傘を差してあげるおもてなしをイメージして作られたんですよ。金
	沢は雨が多いから。
アナ	そうなんですか。

運転手	ここが武家屋敷。
アナ	わー、**なんだか**、タイムスリップした**気分**(3)！
運転手	昔のまんまなんですよ、金沢は。幸いなことに、戦災で無傷だったんで。
アナ	ホントに京都みたいですねー。
運転手	皆さん、そうおっしゃるんですけどね。京都は公家の文化で雅な感じ
	で。金沢は侍が作った文化だから、**どちらかと言うと**(4)質素で凛とし
	てるんですよね。
アナ	へえー、そうなんですかー。深いんですねー。

右側の行番号: 5, 10, 15, 20, 25

運転手　　　　　ええ、趣のある大人の町なんですよ。

- -

（駅前の不動産屋で）

アナ　　　　　あのー、古民家でいい物件って、あります？　見てみたいんですけど。

不動産屋　　　どうぞこちらへ。

コミュニケーション上のポイント

地元の人とうまくコミュニケーションをとろう！

観光タクシーの運転手の説明にアナが一つ一つ「びっくりしました。」（15行目）「わー、なんだか〜気分！」（21行目）「ホントに〜ですねー。」（23行目）「へえー、そうなんですかー。」（27行目）と返しています。異文化に触れた感動や驚きをストレートに表すこうした言葉には、地元の人を喜ばせ、観光客にもっと詳しい情報を教えようという気持ちにさせる効果があります。他に「へえー、知らなかった」「わー、すごい」などの表現がありますが、これらを組み合わせて地元の人とのコミュニケーションを楽しみましょう。

和當地人積極溝通，友好交流！

對於觀光計程車司機的說明，安娜一一回應著：「びっくりしました。」（讓我吃了一驚。）（第15行）「わー、なんだか〜気分！」（哇，真有一種〜的感覺。）（第21行）「ホントに〜ですねー。」（真是〜啊！）（第23行）「へえー、そうなんですかー。」（欸，是這樣啊。）（第27行）。把接觸異文化時所得到的感動、驚訝等直接表達出來的這些語言，其效果是會讓當地人感到高興，提升他們想為游客提供更詳細信息的意欲。此外，還有「へえー、知らなかった」（欸，我不知道呢）。「わー、すごい」（哇，真了不起啊！）等表現。讓我們搭配使用這些表現，和當地人愉快地進行交流吧！

(1) ［場所］は初めて？

［場所］に来たのは初めてかどうか軽く確認する時の表現。

很隨意地確認一下，是不是第一次來這個地方時使用的表現。

🔊 216

❶ A： Bさん、この公園は初めて？

 B： うん。前から来てみたかったんだよね。ネットで見た通り、きれいなとこだね。

 A： うん。ここ、もう少し行くと、有名な花畑があるよ。

 B： ホント?!　楽しみ！

❷ A： Bさん、サービスエリアは初めて？

 B： ええ。気にはなってたんですけど、車持ってないから、来る機会なくて……。おいしそうな店がたくさんあるんですね。

 A： そうだね。隣の建物は、お土産たくさん売ってるよ。食事終わったら行ってみない？

 B： そうですね！

(2) ［疑問詞］〜だろうって、…んです

自分が以前から感じていた疑問を相手に伝えたい時の表現。

想要把自己以前就已經感覺到的疑問告訴對方時使用的表現。

🔊 217

❶ A： Bさんが探してたファイルって、これのこと？

 B： あー、それです！　昨日から、どこにあるんだろうって、ずっと探してたんですよー。

❷ A： Bさん、ふぐ食べたこと、ある？

 B： いや、ないよ。どんな味なんだろうって、前から食べてみたかったんだけど……。毒、怖くない？

（3） なんだか、〜気分

「うまく言い表せないが、今の気持ちは例えば〜の状態のようだ」と言いたい時の表現。

想要說 "雖然不能很好地表達出來，但說起我現在的心情就如同〜一樣的狀態" 時使用的表現。

🔊218

❶ A： Bさんのお宅って、国の実家と雰囲気が似てるんですよ。

B： へえ、そうなの？

A： ええ、なんだか、実家に帰ってきた気分です！

B： そう。じゃ、遠慮なくくつろいで。

❷ （遊園地で）

A： あー、ここのジェットコースター、最高！　なんだか、空飛んでる気分だった！

B： ……私は地獄に落ちた気分だった……。

（4） どちらかと言うと〜／どっちかって言うと〜

「比べることは難しいが、あえて比べるなら〜のほうが適切だ」と言いたい時の表現。

想要說明 "雖然難以比較，但如果硬要比的話，則〜比較恰當" 時使用的表現。

🔊219

❶ A： Bさんは、引っ越すんだったら、どっちがいい？　収納スペースは広いけど北向きの部屋？　それとも収納スペースはあまりないけど南向きの部屋？

B： うーん、どちらかと言うと、あとのほうかな。洗濯物、ベランダに干したいからね。日当たりって、大事だよ。

❷ （インテリアショップで）

A： ねえ、こっちのカーペットとあっちのカーペット、どっちがいいと思う？

B： そうだなあ……。どっちかって言うと、あっち。あっちのほうがリビングのカーテンに合うと思うよ。

談話練習

1. 観光タクシーの運転手と交渉する
與觀光計程車司機交渉

🔊 220（客／運転手）　🔊 221（客）　🔊 222（運転手）

客	市内を観光したいんですけど、料金は……？
運転手	1時間、5,000円です。
客	清水寺と金閣寺と嵐山を見て、庭園を見ながらお昼を食べて、 カフェで抹茶スイーツを食べる。これで何時間かかりますか。
運転手	そうねえ、6時間ぐらいかな。
客	5時間で回りたいんですけど、何とかなりませんか。
運転手	うーん、庭園じゃなくて、嵐山でお昼を食べれば、 何とかなるけど……。
客	わかりました。それでお願いします。

以下のような場面で話してみよう。
1. 客Aが、沖縄で観光タクシーの運転手Bと交渉する。
2. 客Aが、日光で観光タクシーの運転手Bと交渉する。

A	（ 場所 ）を観光したいんですけど、料金は……？ 地方
B	（ 料金 ）です。 費用
A	（ やりたいこと1 ）て、 想做的事情1
	（ やりたいこと2 ）て、 想做的事情2
	（ やりたいこと3 ）。これで何時間かかりますか。 想做的事情3
B	そうねえ、（ 時間 ）ぐらいかな。 所需時間
A	（ 要望を伝える ）んですけど、何とかなりませんか。 告知要求
B	うーん、（ 提案する ）ば、何とかなるけど……。 提出建議
A	わかりました。それでお願いします。

2. 観光タクシーの運転手と話す

與觀光計程車司機交談

🔊))223（運転手／客）　🔊))224（運転手）　🔊))225（客）

運転手	お客さんはどちらの国の方？
客	シンガポールです。住まいは東京です。
運転手	京都は初めて？
客	はい。 桜の中のお寺ってどんな感じだろうって、 一度来てみたかったんです。
運転手	それなら、南禅寺がお勧めですよ。 湯豆腐も食べられるし。
客	ホントですか！　じゃあ、そこに行ってください。

以下のような場面で話してみよう。
1. 沖縄について運転手Aが客Bと話す。
2. 日光について運転手Aが客Bと話す。

A	お客さんはどちらの国の方？
B	（ 出身国 ）　です。（ 補足する ）　。 　出身國　　　　　　　　補充
A	（ 場所 ）　は初めて？ 　地方
B	（ 答える ）　。 　回答 （ 場所について抱いていた印象を話す ）　だろうって、 談對某一地方抱有的印象 （ 希望を話す ）　てみたかったんです。 談希望
A	それなら、（ お勧めの観光スポットを提案する ）　よ。 　　　　　　提出所推薦的觀光地點的建議 （ 理由を言う ）　し。 談理由
B	ホントですか！　じゃあ、そこに行ってください。

153

語彙リスト

本文会話

1. 武家屋敷（ぶけやしき） ： 武士宅第

2. モダンな ： 時髦

3. おもてなし ： 招待

4. タイムスリップする ： 超越時空

5. 戦災（せんさい） ： 戦禍

6. 無傷（むきず） ： 沒有損傷

7. 公家（くげ） ： 朝廷

8. 雅な（みやび） ： 風雅

9. 凛とする（りん） ： 凛然

10. 趣（おもむき） ： 情趣

11. 古民家（こみんか） ： 古民宅

表現

1. サービスエリア ： 服務區，(公路邊的)休息站

2. くつろぐ ： 輕鬆自在地休息

3. 地獄（じごく） ： 地獄

新居について話す

談論新居

タスク

シェアハウスでの4人の会話を聞いて、次のことを話し合ってみよう。　🔊226
（解答例は巻末P171）

1. 由利が驚いたことは何か。その驚きを何と言って表しているか。
2. 由利とアナは何と言って再会を約束しているか。

🔊 226

由利	びっくり**としか言いようがありません** (1)!! 金沢行っちゃうなんて。
アナ	まあね。自分でも予想外の展開でさ。
スティーブ	それ**にしたって、** (2) 家まで買っちゃうんだからな。
アナ	なんかピンと来たんだよね。あ、ここが私の場所だって。だから買わ**な**
	きゃって (3)。 5
由利	やっぱ、人生、そういう思い切りが大切なんだよねー。ちょっとうらや
	ましいな。
チョウ	（スマホの写真を見て）この家、カッコいいですね。武家屋敷みたい。
アナ	ありがとう。古民家を改装したんだ。
スティーブ	お金かかったでしょ。 10
アナ	市のサポートがいろいろあって。うまく使え**ば、**やれ**ないこともな**
	い (4) よ。
由利	そうだねー。やる気さえあれば、できないことなんかないってことだ
	ね！ ねえ、アナさんとこ、遊びに行ってもいい？
アナ	もちろん！ 来て来て。いつでも歓迎する！ 15
チョウ	アナさんの彼氏も一緒に金沢行くんですか。
アナ	うん。広さだけはあるから、そこにアトリエ作って、仕事するってこと
	になったんだ。
由利	えっ!! 何それ、初耳。アナさん、彼氏いないって言って**たじゃないで**
	すかー！ (5) 20
アナ	ハハ。そっちも急展開だったんだ。
由利	そうなんだ……寂しくなるな……。
アナ	紹介するから、みんなで遊びにおいでよ。新幹線乗っちゃえばすぐだ
	からさ。
由利	うん、ぜひぜひ！ 25

コミュニケーション上のポイント

自分の気持ちを独り言のようにして相手に表す「〜な」

アナの決断に対し、スティーブや由利は羨望の気持ちを込めて「家まで買っちゃうんだからな。」（3行目）「ちょっとうらやましいな。」（6〜7行目）「寂しくなるな……。」（22行目）と言っています。この「〜な」は友達に対し、自分の気持ちをストレートに、独り言のようにつぶやきたい時に使われます。

像是自言自語似地向對方吐露自己心情的「〜な」

對於安娜的決斷，史蒂夫和由利帶著羨慕的心情說道「家まで買っちゃうんだからな。」（因為連房子都要買了啊。）（第3行）「ちょっとうらやましいな。」（真讓人羨慕啊！）（第6〜7行）「寂しくなるな……。」（我們會寂寞的啊。）（第22行）。這個「〜な」用在像是在自言自語，但其實是在嘟囔著向朋友袒露自己的心情時。

(1) 〜としか言いようがない

「〜という表現以外に、他にぴったり合った表現が見つからない」と強調したい時の表現。

想要強調 "除〜這一表現以外，找不到完全相符的表現" 時使用的表現。

🔊227

❶ A： 新しい部署、慣れた？

B： いやー……なかなか……。林先輩がいろいろ教えてくれるんだけど、すっごく厳しくてさー。もう、鬼としか言いようがないよ……。

B： まあ、林先輩って、何にでも熱心だからね。

❷ A： Cさんてさ、しょっちゅうコーヒー買いに行ってるよね。

B： うん。怠けてるとしか言いようがないよね。

(2) 〜にしたって、…　　　　　　　　→〜にしても、…

「〜の状況や条件で考えた場合でも、…のことは予想以上だ」と言いたい時の表現。

想要說 "即使考慮到〜的狀況和條件，……這件事也是超過了預想" 時使用的表現。

🔊228

❶ A： Cさんさ、先月の飲み会の会費、まだ払ってないんだよね……。

B： えっ、そうなの?!

A： まあ、あの飲み会の前に、「今月はカードの支払いが多いから、会費のほうはちょっと待って」って言われてたんだけど。

B： えーっ、前もって言ったにしたって、1か月も待たせるなんてちょっとどうよ。

❷ A： このお皿、人間国宝の作品で、1億円だって。

B： 1億円?!　こんな小さな皿が？　それにしたって、1億円は高過ぎでしょー。

(3) 〜なきゃって　　　　　　→〜しなければならないと思って

自分の意志を強く言い表したい時の表現。

想要強烈地表明自己的意志時使用的表現。

🔊229

❶ A： Bさんは、帰国前に旅行とかするの？

B： うん。北海道でおいしいもの食べて、京都でお寺巡りして、別府で温泉入って……。

A： そんなに行くの?!

B： うん。日本にいるうちに、行きたいとこ全部行っとかなきゃって。

❷ A： 犬、飼い始めたんだって？

B： うん。週末にペットショップ行ったら、まっ白なトイプードルと目が合っちゃって、ずーっとこっちを見てるの！　もー、これは連れて帰らなきゃって。

(4) ～ば、…ないこともない

「できないと思えることでも、～すればうまくいく可能性がある」と言いたい時の表現。前向きであきらめない気持ちを表す。

想要說"即使認為不可能的事情，如果做～的話，也是有可能做好的"時使用的表現。表示積極向前，不言放棄的心情。

🔊 230

❶ A： スーツケース、もう荷物入らないね。

B： そんなことないよ。もっとぎゅうぎゅうに詰めれば、入らないこともないよ。

❷ A： 店長もひどいっすね。サンプルの袋詰め、今日中に5,000個って。終わりますかね。

B： まあ、みんなで協力すれば、終わらないこともないでしょ。さ、気合い入れてやるぞ！

(5) ～たじゃないですかー！

「確か～しましたよね！」と確認や同意を強く求めたりする時の表現。文末を伸ばして言うことで、驚きや不満の気持ちを強調することもできる。

"確實做～了，是吧！"，這是強烈要求對方確認或同意時使用的表現。也可以拖長句尾，用以強調吃驚和不滿的心情。

🔊 231

❶ A： ごめん!!　あしたの約束、仕事でダメになっちゃった！

B： えー！　「今度こそ」って、約束したじゃないですかー！

A： 緊急事態なんだよー。ホント、ごめん!!

❷ A： ねえ、俺昨日、飲み会のお金、払ったっけ？

B： えー、何言ってんっすか、先輩。「今日は俺がおごるぞー」って、全額払ってくれたじゃないですかー！

A： えっ、そうなの?!　全然覚えてない……。

1. 相手の意外な結果に驚く
驚訝於對方意外的結果

🔊 232（友人A／友人B）　🔊 233（友人A）　🔊 234（友人B）

友人A	すごいとしか言いようがないよ！ 日本語始めて、1年でN1に合格するなんて！
友人B	まあ、元々、漢字がわかるから。
友人A	それにしたって、1年で合格はすごいよ。
友人B	昇進がかかってたからね。 だから頑張らなきゃって。
友人A	人生、やる時はやらないとダメなんだね。
友人B	まあね。

以下のような場面で話してみよう。
1. Aが、契約を取るのが難しいX社から契約を取ってきた同僚Bに、驚いて話しかける。
2. Aが、友人Bが起業したと聞いて、驚いて話しかける。

A	（ 感想を言う ） としか言いようがないよ！ 談感想
	（ 意外な結果 ） なんて！ 意外的結果
B	（ 謙遜する ） から。 謙虚
A	それにしたって、（ 驚く ） よ。 吃驚
B	（ 理由を言う ） からね。 談理由
	（ 補足する ） なきゃって。 補充
A	（ 自分の考えを言う ） 。 談自己的想法
B	（ 答える ） 。 回答

2. 友人と再会を約束する
與朋友相約重逢

🔊 235（友人A／友人B）　🔊 236（友人A）　🔊 237（友人B）

友人A　来週帰国しちゃうなんて。急過ぎる。

友人B　ごめん。新しい上司から、来週から働けって言われちゃって。
　　　　人が足りないんだって。

友人A　そうなんだ。すごい残念。
　　　　ねえ、Bさんとこ、遊びに行ってもいい？

友人B　もちろん！　来て来て。いつでも歓迎する！
　　　　部屋だけはあるから、みんなでおいでよ。

友人A　行く行く！　楽しみ！

以下のような場面で話してみよう。

1. Aが、転勤が決まった友人Bと、再会を約束する。
2. Aが、引っ越しが決まった、同じ趣味の友人Bと再会を約束する。

A　　（別れに驚く）　ちゃうなんて。　（感想を言う）　。
　　　對離別表示驚訝　　　　　　　　　　談感想

B　　（答える）　。　（事情を説明する）　て。
　　　回答　　　　　説明事由
　　　（補足する）　。
　　　補充

A　　そうなんだ。（感想を言う）　。
　　　　　　　　　談感想

　　　ねえ、Bさんとこ、遊びに行ってもいい？

B　　もちろん！　来て来て。いつでも歓迎する！

　　　（誘う）　。
　　　邀請

A　　行く行く！　楽しみ！

161

語彙リスト

本文会話

1. ピンと来る ： 領悟
2. 思^{おも}い切^きり ： 果斷
3. 改装^{かいそう}する ： 改裝
4. アトリエ ： 畫室、工作室
5. 初耳^{はつみみ} ： 初次聽說
6. 急展開^{きゅうてんかい} ： 迅速展開

表現

1. 鬼^{おに} ： 鬼
2. 怠^{なま}ける ： 懶惰
3. ちょっとどうよ ◀ ちょっとどうかと思^{おも}うよ ： 我覺得是不是有點～（過分）。
4. 人間国宝^{にんげんこくほう} ： 國寶級人物
5. お寺巡^{てらめぐ}り ： 遊覽廟宇
6. ぎゅうぎゅう ： 滿滿
7. 袋詰^{ふくろづ}め ： 裝袋
8. 気合^{きあ}い（を）入^いれる ： 鼓起勁
9. 緊急事態^{きんきゅうじたい} ： 緊急狀態

談話練習

1. （昇進^{しょうしん}が）かかる ： 關係到晉升

零距離！
生活日語會話
日本語會話中上級

瀨川由美　紙谷幸子　安藤美由紀

解答例

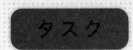

<ruby>第<rt>だい</rt></ruby>1<ruby>話<rt>わ</rt></ruby>

シーン1

1. A：チョウ　B：アナ　C：スティーブ　D：<ruby>由利<rt>ゆり</rt></ruby>
2. <ruby>由利<rt>ゆり</rt></ruby>：<ruby>時間<rt>じかん</rt></ruby>にルーズ。<ruby>素直<rt>すなお</rt></ruby>。

   チョウ：<ruby>優<rt>やさ</rt></ruby>しい。

   スティーブ：<ruby>時間<rt>じかん</rt></ruby>に<ruby>厳<rt>きび</rt></ruby>しい。

   アナ：リーダーシップがある。きちんとしている。

シーン2

1. スティーブ：<ruby>反対<rt>はんたい</rt></ruby>した。<ruby>嫌<rt>いや</rt></ruby>がる<ruby>様子<rt>ようす</rt></ruby>を<ruby>見<rt>み</rt></ruby>せた。

   <ruby>由利<rt>ゆり</rt></ruby>：<ruby>賛成<rt>さんせい</rt></ruby>した。

   チョウ：<ruby>反対<rt>はんたい</rt></ruby>した。
2. スティーブ：「めんどくさいな。」「いろんな<ruby>人<rt>ひと</rt></ruby>との<ruby>交流<rt>こうりゅう</rt></ruby>あってこそのシェアハウスなんじゃないのかな？」

   <ruby>由利<rt>ゆり</rt></ruby>：「それにうるさいしね。」

   チョウ：「それってどうかな。」「それもそうだ。」

<ruby>第<rt>だい</rt></ruby>2<ruby>話<rt>わ</rt></ruby>

シーン1

1. スティーブ：<ruby>見習<rt>みなら</rt></ruby>い3<ruby>年目<rt>ねんめ</rt></ruby>の<ruby>寿司職人<rt>すししょくにん</rt></ruby>。スポーツジムに<ruby>通<rt>かよ</rt></ruby>っている。

   チョウ：よく<ruby>歩<rt>ある</rt></ruby>く。アニメが<ruby>好<rt>す</rt></ruby>きで、<ruby>聖地巡礼<rt>せいちじゅんれい</rt></ruby>するのが<ruby>趣味<rt>しゅみ</rt></ruby>。
2. スティーブと<ruby>由利<rt>ゆり</rt></ruby>が<ruby>同<rt>おな</rt></ruby>じスポーツジムで<ruby>知<rt>し</rt></ruby>り<ruby>合<rt>あ</rt></ruby>ったこと。

シーン2

1. <ruby>由利<rt>ゆり</rt></ruby>：<ruby>職場<rt>しょくば</rt></ruby>に<ruby>近<rt>ちか</rt></ruby>いからシェアハウスに<ruby>引<rt>ひ</rt></ruby>っ<ruby>越<rt>こ</rt></ruby>してきた。<ruby>現場監督<rt>げんばかんとく</rt></ruby>。<ruby>頑固<rt>がんこ</rt></ruby>な<ruby>職人<rt>しょくにん</rt></ruby>さんに<ruby>気<rt>き</rt></ruby>を<ruby>遣<rt>つか</rt></ruby>ってストレスが<ruby>溜<rt>た</rt></ruby>まっている。

   アナ：<ruby>日本<rt>にほん</rt></ruby>で<ruby>精神科<rt>せいしんか</rt></ruby>の<ruby>医者<rt>いしゃ</rt></ruby>をしている。

2. 「確かに。」「（現場監督だ）もんね。」「（大変な）んじゃない？」「（気を遣う）ってわけだ。」「そうだよね。」「いつでも聞くよ。」

第3話

シーン1

1. 悩み ： 髪が伸びてうっとうしい。傷んでいる。最近なんだかまとまりにくい。
   希望 ： 思い切って切る。

2. 「もう、うっとうしくて……。」「思い切って切っちゃおうかなって。」
   「傷んでるからか、最近なんだかまとまりにくくて……。」「いっそショートにしちゃうっていうのもありかな。」

シーン2

1. 店 ： 竹細工の店。
   購入したもの ： 箸置き5個、かごバッグの大きいのと小さいのを一つずつ、ざる2枚。

2. 「でも箸置きばっかっていうのも……。」「ママ、使うかな……。」「全部ほしいけど、予算がなあ……。」

第4話

シーン1

1. 松坂 ： 大事な時に遅刻はするべきではない。
   チョウ ： 事情によっては遅刻も仕方がない。

2. 松坂 ： 「今日だけは何があっても遅れるわけにはいかないんだから。」「これから交渉するぞって時に、『遅れてすいませーん』じゃあ、スタートでつまづくのと一緒でしょ。」
   チョウ ： 「遅れたら先方に理由を言えば、わかってくれますって！」

1. 岡野部長の様子がいつもと違っていたこと。
2. 岡野部長が結婚したこと。その結婚相手が合唱サークルの人であること。岡野部長が合唱をやっていること。

第5話

シーン1

1. 背中が張っている。
2. スタッフ ： 脚と背中のトレーニングは間隔を空けたほうがいい。
   鈴木 ： 筋肉にいい食べ物をちゃんと取ったほうがいい。

シーン2

1. 究極のリラックス状態。ヨガの瞑想のあとの頭の中と同じ状態。頭がリセットされる。頭が整理される。右脳が活性化する。うつ病や認知症予防にもいい。
2. 冷えたビールを飲む。

第6話

シーン1

1. チョウ ： 人に頼まれてプラモデルを作っている。
   由利 ： 感心している。
2. 「へえー、すごい！ チョウさんって、こんなこともできるんだ！」「よくそんな細かいとこ、きれいに塗れるね。」

シーン2

1. ラグビーのナショナルチームがボランティアに来てくれること。
   「今日はね、ラグビーのナショナルチームが来てくれることになったんだって！ すごくない？」

2. リーダー。

「～お願いします。」「～てもらってもいいですか。」

第7話

シーン1

1. 教えてもらいたいこと：いい歯医者。

由利に対して：「ちょっと教えてくれない？」「歯医者さんで、どっかいいとこ知らない？」

スティーブに対して：「ちょっと教えて。」「スティーブが行ってた歯医者ってどこ？」

アナに対して：「ちょっと教えてもらいたいんだけど……。」「いい歯医者さん、知ってたら教えてもらえないかなと思って。」

2. 「詰めたの取れちゃったんだ。ぽっかり穴が空いちゃってさ、そこがしみちゃって。」

「浅草でイカ焼き食べてたら歯がゴリっていって。詰め物が取れちゃったんだ。」

シーン2

1. 昨日から歯がズキズキしていること。その部分が熱を持っていること。

「昨日からズキズキしちゃって……。」「熱持っちゃって。」

2. 状態：細菌が入っている。虫歯が進行して膿んでしまっている。

治療：中を全部きれいに取って掃除して、細菌を殺す薬を入れる。

第8話

シーン1

1. ツーリングの途中で夫婦から写真を撮ってほしいと頼まれたこと。

2. 蕎麦屋へ食事に行く。

1. 来月の12日に秩父のほうにツーリングに行かないかと誘っている。
2. 夫　：「ところでさ、知り合ったばかりでなんだけど、来月の12日って空いてない？」
   「もし彼女さんが仕事休めなかったら、連絡してよ。こっちは直前でもかまわないから。」
   妻　：「12って、連休ど真ん中じゃん。彼女さんと予定あるんじゃないの？」「うちらと約束するわけにはいかないでしょ。彼女さんのために空けといてあげなよ。」

第９話

1. 「あのー、すみません。席、違ってると思うんですけど……。」
2. ここには、このシネコン限定グッズが売られていること。
   「あ！　そうだ！　ここ、このシネコン限定のグッズ売ってたんだ！」

1. チョウ　：「映画、面白かったね。」「やっぱ、SF映画は大きいスクリーンで観るに限るね。」「映画の（主人公の）声、甲高くなかった？　僕がイメージしてたのとちょっと違ったなあ……。」「原作通りだったら、もっと感動して泣けたのにな。」「（パート2を）やるんだったら、もうちょっと原作に忠実に作ってほしいな。」
   マニー　：「ストーリーはわかってたけど。音楽や音が入ると、また違うね。」「（主人公の声について）私はあんまり違和感なかったけど。それより、最後の15分ぐらい、展開が早過ぎなかった？」「ちょっとあっさりし過ぎ。」
2. 自信がない。断られたらどうしようと思っている。
   「あ、あのさ」「〜たりしない？」「もし、もしよかったらなんだけど」

第10話

シーン1

1. 駅前がモダンでびっくりした。タイムスリップした気分。武家屋敷を実際に見て京都のようだと思った。

2. 「駅前はとってもモダンなんで、びっくりしました。」「わー、なんだか、タイムスリップした気分！」「ホントに京都みたいですねー。」

シーン2

1. 驚いたこと①　アナが突然金沢に家を買って引っ越すこと。

   「びっくりとしか言いようがありません!!」

   驚いたこと②　アナに彼氏がいること。

   「えっ!!　何それ、初耳。アナさん、彼氏いないって言ってたじゃないですかー！」

2. 由利　：「ねえ、アナさんとこ、遊びに行ってもいい？」

   アナ　：「もちろん！　来て来て。いつでも歓迎する！」

   アナ　：「みんなで遊びにおいでよ。新幹線乗っちゃえばすぐだからさ。」

   由利　：「うん、ぜひぜひ！」

巻末

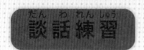

第1話

シーン1

1. 初対面の相手に声をかける

1. Aが初めてオフ会に行って、主催者Bに声をかける。

> A 「歴史散歩サークル」のオフ会ってここですか。
> B はい、そうです。こんにちは。
> A こんにちは。初めてなんですけど。ハンドルネーム、サンタク 0502です。
> B サンタク0502さんですね。
> A あ、サンタクでいいです。
> B サンタクさんね。
> 　私、ハンドルネーム、猫山です。よろしく。
> A よろしくお願いします。

2. Aがボランティアサークルに行って、受付の人Bに声をかける。

> A あの、病院でお芝居を見せるボランティアサークルってここですか。
> B はい、そうです。こんにちは。
> A こんにちは。初めてなんですけど。青山ナオミです。
> B 青山さんですね。
> A あ、ナオミでいいです。
> B ナオミさんね。
> 　石川ルイです。よろしく。
> A よろしくお願いします。

2. 謝る

1. Aが、飲み会の人数を間違えて予約したことを友人Bに謝る。

A	ごめん、飲み会の人数、間違えて6人で予約しちゃった。
B	えー、おととい、5人に減ったって、確認したよね。
A	うん、そのことすっかり忘れちゃって。 店からもう変更はできないって言われて。
B	「俺が予約しとくから大丈夫」って言うから任せたのに……。
A	そうなんだけど……。本当にごめん！
B	もー、しょうがないなあ。

2. Aが、週末に貸すと約束した車を貸せなくなったことを友人Bに謝る。

A	申し訳ないんだけど、今週末、車貸せなくなっちゃった。
B	えー、今日、もう木曜日だよ。
A	うん、子供の野球の試合で車を出すことになっちゃって。 野球チームの監督からどうしてもって言われて。
B	当てにしてたのに……。
A	そうなんだけど……。本当に申し訳ない！
B	もー、しょうがないなあ。

1. 提案に賛成する

1. Aが、懐かしい仲間と久しぶりにみんなで会おうと、Bに提案する。

A	久しぶりに、大学のサークルのメンバーに声かけてみようと思うんだけど……。
B	いいね！　それって、先輩も後輩もってことだよね？楽しみだね！
A	飲み会だけじゃなくて、その前にテニスするっていうのはどう？
B	うん。試合やって、優勝した人に賞品あげたりして。
A	それ、いいね！　賞品があれば、みんな本気出して、きっと盛り上がるよ。
B	そうだね、昔みたいにね。

2. Aが、高級レストランの飲み放題、食べ放題の格安プランがあるので行こうと、Bに提案する。

A	レストランサイトで、高級寿司食べ放題の格安プラン見つけたんだけど……。
B	いいね！　好きなネタ、好きなだけ食べられるってことだよね？イクラとかウニとか思いっきり食べてみたかったんだー！
A	飲み放題も追加するのはどう？
B	うん。せっかくだから、飲み放題もこっちの高いのにしよう。
A	うん、そうしよう！　高級なお寿司に高級な日本酒、いいね。
B	最高の組み合わせだね。

2. 提案に反対する

1. Aが社員旅行について、同僚Bに意見を求める。

> A　11月の週末に社員旅行することになったんだけど……。
> B　それって、泊まりがけでやるってこと？
> A　そう。
> 　　部内の親睦を深めようってことだよ。
> B　うーん……。それってどうかな。
> 　　週末に泊まりがけって、結構厳しい人多いんじゃないのかな？
> A　わかった。じゃあ、近場で日帰りならどう？
> B　それなら、みんな参加すると思うよ。

2. 家計を見直すために、子供の習い事について、妻Aが夫Bに意見を求める。

> A　家計が苦しくなってきたから、子供たちの習い事、見直そうと思うんだけど……。
> B　それって、習い事の数を減らすってこと？
> A　うん。
> 　　最近出費がかさんで全然貯金できてないし、それにせっかく習わせても、あんまり上手になんないから、月謝がもったいなくて。
> B　うーん……。それってどうかな。
> 　　上手下手はともかく、楽しんでやってるのに辞めさせちゃうのはかわいそうなんじゃないかな？
> A　わかった。じゃあ、私たちの保険料と通信費を見直すっていうのはどう？
> B　うん、いいよ。じゃあ早速週末に見直してみよう。

第2話

シーン1

1. 知り合ったきっかけを聞く

1. Aが、友人B、友人Cに知り合ったきっかけを聞く。

A	二人は、何で知り合ったの？
B	このあいだのマネジメントセミナー。
	セミナーで一緒にロールプレイしたんだよね。
C	そうそう。そのセミナーのあとに、食事に行って。
A	セミナー終わってからも、付き合いが続いてるんだ。
B	うん、Aさんも何かイベントに参加したら、新しい出会い、あるかもよ。
A	そうだね。探してみるよ。

2. Aが、友人Bとその恋人Cに知り合ったきっかけを聞く。

A	二人は、いつ知り合ったの？
B	去年、共通の友達が開いた食事会で。
	となりの席に座ってたんだよね。
C	そうそう。最初、Bのほうから話しかけてきて。
A	そこで意気投合したんだ。
B	うん、Aさんも、食事会に誘われたら、行ってみるといいよ。
A	そうだね。考えとくよ。

2. 生活習慣を尋ねる

1. Aが洗濯について友人Bに聞く。

A　洗濯、いつもどうしてるの？
B　3日おき。一人暮らしだから大した量じゃないし。
A　ベランダに干してるの？
B　いや、部屋干し。外に干すと、花粉とか付くしね。
A　そうそう。私も、いくら天気がよくても浴室乾燥機使っちゃう。
B　うちは日当たりのいい部屋につるしてるよ。

2. Aが掃除について友人Bに聞く。

A　家の掃除、いつもどうしてるの？
B　週末だけ。平日帰ってからだと、掃除機うるさくて近所迷惑だし。
A　水回りの掃除はどうしてんの？
B　めったにやんない。毎週末、そこまで気が回らないしね。
A　仕事してるとそうだよね。うちもちょっとぐらいの汚れだったら気にしない。
B　うちなんて、臭いが気になるまで掃除しないよ。

シーン2

1. 親しい人と互いの恋愛話をする

1. 飲み会で会った人とその後どうなったかについて、AがBに聞く。

> A　　ねえ、この前の飲み会にいた山田さんとどうなの？　付き合ってんの？
>
> B　　そんなんじゃ、ないない。
> 　　　そんなんだったら、あの時のメンバーに報告してるよ。
>
> A　　そっか。
>
> B　　Aこそ、あの飲み会のあと、一緒に帰った田中さんと連絡取ってんの？
>
> A　　まあね。そのうち話すから。
>
> B　　えー、もったいぶらないで教えてよ。

2. 同窓会で、クラスメイトだった人との関係について、AがBに聞く。

> A　　ねえ、森田さんとどうなの？　付き合ってんの？
>
> B　　そんなんじゃ、ないない。
> 　　　そんなんだったら、今日の同窓会、一緒に来てるよ。
>
> A　　そっか。
>
> B　　Aこそ、去年話してくれた人とは続いてんの？
>
> A　　まあね。そのうち話すから。
>
> B　　えー、もったいぶらないで教えてよ。

2. 親しい人に愚痴を言う

1. Aが同僚Bに仕事の愚痴を言う。

> A あー、もうやってらんない。
> B どうした？
> A うん、営業部の東山さん、伝票の入力ミスが多くてさ。
>   間違い指摘すると、逆ギレするんだ。
> B ああ、あの人、上から目線だもんね。
> A そうなんだよ。
> B あまりひどいなら、営業の課長に話してみたら。
>   東山さん、上の言うことはちゃんと聞くから。

2. Aがバーのマスター Bに仕事やプライベートの愚痴を言う。

> A あー、もうやってらんない。
> B どうした？
> A うん、異動先の支店が、超暇でさ。
>   みんなモチベーション低くて全然営業しないんだ。
> B Aさん、忙しいほうが好きだもんね。
> A そうなんだよ。
> B まあ、もうちょっと様子見たら。
>   新入りがいきなり口出すと、反感買いやすいから。

第3話

1. 店で悩みを相談する

1. 美容院で、客Aが、頭皮の臭いが気になることをスタッフBに相談する。

A	最近なんだか頭皮が臭う気がして……。
B	暑くなってくると、そういう方、増えますね。
A	高くても頭皮にいいシャンプー、買っちゃおうかなって……。
B	頭皮に特化したシャンプー、うちでも扱ってますよ。
	試しに使ってみませんか。
A	そうですか。ぜひ、お願いします。

2. 靴屋で、客Aが、自分に合う靴が見つからないことについて、スタッフBに相談する。

A	最近足に合う靴が見つからなくて……。
B	そうですか……（足を見て）外反母趾ですね。
A	この際、オーダーメイドで靴作っちゃおうかなって……。
B	外反母趾専用のインソールがありますよ。
	オーダーメイドはそちらを試してからでもいいと思いますよ。
A	そういうのがあるんですか。じゃあ、見せてもらえますか。

2. 店の提案を受けて、自分の希望を伝える

1. 頭皮の臭いの悩みについて、店のスタッフAの提案を受け、客Bが自分の希望を伝える。

> A　臭いでお悩みなんでしたら、頭皮クレンジングコースを、週に1回受けにいらっしゃるのはどうですか。
>
> B　週に1回かあ……。ちょっとめんどくさいかも……。
>
> A　効果はだいたい3、4回受けたら出てきます。
> お得なコース3回分とシャンプー1本のセット購入なんてどうですか。
>
> B　そこまで徹底的にしなくてもいいんだけど……。
>
> A　じゃあ、今日一度体験コースをお試しになってから、検討されるのはいかがですか。
>
> B　そうですね。じゃあ、そうします。

2. 自分に合う靴が見つからないことについて、店のスタッフAの提案を受け、客Bが自分の希望を伝える。

> A　サイズの合う靴が見つからないんでしたら、オーダーメイドになさるのはどうですか。
>
> B　オーダーメイドかあ……。注文してから届くまでが長そう……ちょっと不便かも……。
>
> A　お客様のサイズをデータ化し、すべて機械でお作りしますから、あまりお待たせすることはありません。
> 試しに一番シンプルなローヒールのパンプスなんてどうですか。
>
> B　そこまで本格的じゃなくてもいいんだけど……。
>
> A　じゃあ、既製品を選んでいただいて、それをお直しするのはいかがですか。
>
> B　そうですね。じゃあ、そうします。

1. 旅先でお土産について質問する

1. 客Aが、店で売っている布でできたかばんについてスタッフBに質問する。

A	これって、なんていう布でできているんですか。
B	それは帆布。丈夫で水にも強いんですよ。
A	いろんなかばんがありますね。 男性用もあるんですか。
B	はい、トートバッグとかリュックとか。 このトートバッグなんか男性に人気ですよ。
A	へー、確かに、この色だったら男性でも使えますね。何か買いたい けど……もう少し安いのないかな。
B	財布とか小物入れもありますよ。お土産に喜ばれると思いますよ。
A	そっか、じゃ、たくさん買ってっちゃお！

2. 客Aが、店にあるいろいろな食べ物についてスタッフBに質問する。

A	これって、どんな味がするんですか。
B	それは柚子胡椒っていう調味料。柚子と唐辛子で作られているん ですよ。
A	おいしそう。 結構辛いんですか。
B	少し、ピリッとしますよ。 この辺では昔からいろいろな料理に使われている伝統的な調味料 なんですよ。
A	へー、ここに柚子胡椒味のお菓子もあるんだ。どれか一つ、買って 帰ろうかな。
B	お菓子もいいけど、調味料もおすすめですよ。日本料理に限らず、 パスタとか肉料理とかいろんな料理に使えますよ。
A	そっか、じゃ、お菓子も調味料も両方買っちゃお！

2. 市場で店の人と会話を楽しむ

1. 市場でお茶のお店をやっているおじさんAに、客Bが試飲を勧められる。

> A　これ、飲んでって。
>
> B　どうも。あ、おいしい。これ、何ですか。
>
> A　ほうじ茶。緑茶の茶葉を焙煎したの。
>
> B　香ばしい香りですね。
>
> A　そう。どんな食事にも合うよ。
> 　　焼酎や牛乳を入れて飲んでもおいしいし。
>
> B　いいですね。でも友達全員のお土産にするにはちょっと高いなあ
> 　　……。
> 　　おじさん、安くしてくれない？
>
> A　わかった。じゃあ、5袋買ったら、プラス300グラムおまけするよ。
>
> B　ありがとう！　じゃあ、5袋ください。

2. 市場でお土産屋をやっているおじさんAに、客Bが試食を勧められる。

> A　これ、試してって。
>
> B　どうも。あ、おいしい。これ、何ですか。
>
> A　鯖味噌。鯖を味噌で煮たの。
>
> B　味が濃くて、ご飯が進みそうですね。
>
> A　そう。これ1缶でご飯2杯ぐらい食べられるよ。
> 　　ご飯だけじゃなくて、パスタの具にしてもおいしいし。
>
> B　いいですね。でもたくさん買ったら持って歩くの嫌だなあ……。
> 　　おじさん、送料、まけてくれない？
>
> A　わかった。じゃあ、5缶以上で無料にするよ。
>
> B　ありがとう！　じゃあ、10缶ください。

第4話

だい　わ

シーン1

1. 不安になっている相手を励ます

ふ あん　　　　　　　　あい て　はげ

1. これから就職の面接を受ける友人AをBが励ます。

しゅうしょく めんせつ う　ゆうじん　はげ

A	あー心臓がドキドキしてきた。
	しんぞう
	うまくいかなかったらどうしよう？
B	うまくいくって！
	あんなに準備してたんだから。
	じゅん び
A	うまくいくってさ……。
	ダメだったら、どうすんの？
B	そん時はそん時だよ。なるようにしかならないって。
	とき　　　とき
A	そうだな。
B	そうだって！　だから頑張れ！
	がん ば

2. オーディションを受ける前の友人AをBが励ます。

う　まえ　ゆうじん　はげ

A	あー手が震えてきた。
	て ふる
	うまくできなかったらどうしよう？
B	心配ないって！
	しんぱい
	あんなに頑張ったんだから。
	がん ば
A	心配ないってさ……。
	しんぱい
	想定外のことをやれって言われたら、どうすんの？
	そうていがい　　　　　　　　い
B	そん時はそん時だよ。なるようにしかならないって。
	とき　　　とき
A	そうだな。
B	そうだって！　だから頑張れ！
	がん ば

2. 悩んでいる相手を励ます

1. Aが、結婚すべきか悩んでいる友人Bを励ます。

A		どうした？　元気ないね。
B		親のことを考えると、婚活したほうがいいのかなって思ってさ……。
A		結婚してなくても親孝行してるじゃない。 結婚なんてその気さえあればいつでもできるんだから。
B		そういうもんじゃないでしょ。
A		そういうもんだよ。結婚は親のためにするもんじゃないって。
B		ありがとう。

2. Aが、チームの人間関係がよくなくて悩んでいる同僚Bを励ます。

A		どうした？　元気ないね。
B		うちのチーム、あんまり仲がよくないっていうか、まとまりがなくてさ……。
A		みんな優秀だから問題ないじゃない。 結果は出してるんだから。
B		そういうもんじゃないでしょ。
A		そういうもんだよ。あんまり気にしないほうがいいって。
B		ありがとう。

1. 様子がいつもと違う人のことを話す

1. 先輩Aが、元気がない同僚のことについて、後輩Bに話す。

A	最近、山田さん、やる気ないと思わない？
B	なんか、この間、部長と何かあったらしいですよ。
A	えー！　何かって何？
B	そんなの知らないですよ。でもあんなに投げやりなんだから、部長に嫌なこと言われたんじゃないっすか。
A	えー、そうなのか。じゃあ、タイミング見て、飲みに誘ってみよう。
B	そうですね。

2. 先輩Aが、最近あか抜けてきれいになった同僚のことについて、後輩Bに話す。

A	最近、中山さん、雰囲気変わったと思わない？
B	なんか、おしゃれに目覚めたらしいですよ。
A	えー！　目覚めたってどういうこと？
B	そんなの知らないですよ。でもあんなにあか抜けてきれいになったんだから、好きな人でもできたとか、そういう理由なんじゃないっすか。
A	えー、そうなのか。じゃあ、今度の飲み会で、直接本人に聞いてみよう。
B	そうですね。

2. うわさ話をする

1. 担当していた仕事から外された同僚について、AとBがうわさ話をする。

> A　　ねえねえ、聞いた？　鈴木さん、
> X社の担当外されたんだって。
>
> B　　えーっ！
> だって、鈴木さんって、X社の社長のお気に入りだったんじゃな
> かったっけ？
>
> A　　うん、そうなんだけど、鈴木さん、冗談言って、社長の地雷踏ん
> じゃったらしいよ。社長、かなり怒ってるみたい。
>
> B　　えー、そうなの。全然知らなかった。ずいぶん詳しいじゃない。
>
> A　　X社に勤めているいとこから聞いたんだ。
>
> B　　へえー、情報通じゃん。

2. 同僚の結婚話について、AとBがうわさをする。

> A　　ねえねえ、聞いた？　赤井さん、
> 総務部の原田さんと結婚するんだって。
>
> B　　えーっ！
> だって、赤井さん、人事部の木村さんと付き合ってるんじゃなかっ
> たっけ？
>
> A　　うん、去年の年末に別れたらしいよ。で、今年の初めから原田さん
> と付き合い始めたみたい。
>
> B　　えー、そうなの。全然知らなかった。ずいぶん詳しいじゃない。
>
> A　　総務部の同期から聞いたんだ。
>
> B　　へえー、情報通じゃん。

第5話

シーン1

1. やり方について尋ねる

1. 客Aが、ヨガのインストラクターBに、体を柔らかくする方法を聞く。

A　体を柔らかくするには、どうやったらいいですか。
B　短い時間でも毎日ストレッチしたほうがいいですよ。
　　決まった時間にやって習慣づけてください。
A　何時でもいいの？
B　ええ、朝でも夜でもいいです。
A　食べたあとすぐにやっていいの？
B　ああ、食後すぐは……お風呂のあとのほうがいいですね。
　　湯船に入ると体があったまるので効果的です。
　　体が十分あったまってからじゃないと、
　　筋肉もよく伸びないし、筋肉を傷めてしまうリスクもありますから。
A　わかりました。ありがとう。

2. 客Aが、水泳のインストラクターBに、体力を付ける方法を聞く。

A　水泳で体力を付けるには、どうやったらいいですか。
B　距離を徐々に長くしていったほうがいいですよ。
　　長く泳げるようになったら、泳ぎ方も変えてください。
A　泳ぎ方を変える？
B　ええ、平泳ぎで泳いでいた人はクロールに、クロールで泳いでいた
　　人はバタフライに、という風にです。
A　フォームは気にしなくていいの？
B　ああ、正しいフォームのほうがいいですね。
　　息継ぎが苦手だったらインストラクターの指導を受けてください。
　　正しいフォームを身に付けてからじゃないと、
　　無駄な動きが増えて、体に負担がかかってしまいますから。
A　わかりました。ありがとう。

2. ジムでスタッフと雑談する

1. スタッフＡに筋トレを毎日やっているか聞かれて、客Ｂが答える。

A お疲れさまです。
平日の朝に来るなんて珍しいですね。
B うん、有休、取れたから。
朝の空いている時間にトレーニングしとこうと思って。
A そうですか。この間勧めた筋トレ、家で毎日やってますか。
B うんまあ、ぼちぼちかな？
A ちゃんと毎日続けてくださいよ。
B はーい、頑張りまーす。

2. 久しぶりのジムで、スタッフＡに食事管理ができているか聞かれて、客Ｂが答える。

A お疲れさまです。
あれ？　ちょっと筋肉落ちましたね。
B うん、仕事忙しくて。
今日時間できたから、ちょっと体動かそうと思って。
A そうですか。食事管理、できてますか。
B うーん、あんまりできてないかな？
A 食べ放題、飲み放題は控えてくださいよ。
B はーい、気を付けます。

1. 健康について情報交換する

1. 後輩Aが花粉症について先輩Bに話す。

A	最近、花粉症ひどくって。
	薬飲んでんのに。
B	薬合わないんじゃないの？
	長く飲んでると効かなくなるって。
A	ホントですか。
B	うん。自分も医者に同じようなこと言われて。
	薬変えたらよくなったよ。
A	そうですか。じゃあ、医者に行って、薬変えてもらおうかな。
B	うん、そうしなよ。

2. 後輩Aが慢性的な疲れについて先輩Bに話す。

A	最近、疲れが取れなくって。
	毎日7時間は寝てんのに。
B	眠りが浅いんじゃないの？
	睡眠時間より睡眠の質のほうが大事なんだって。
A	ホントですか。
B	うん。私、6時間ぐらいしか寝てないけど疲労感ないし。
	寝具の専門店に行くと、結構いいアドバイスもらえるよ。
A	そうですか。じゃあ、近いうちに行って、相談してみようかな。
B	うん、行ってみなよ。

2. 気になっていることについて雑談する

1. 働き方改革で長時間労働を減らそうとする会社の取り組みについて、同僚AとBが雑談する。

A	働き方改革っていうけど、 残業、減らせるのかな？
B	無理なんじゃない？ 今の人数じゃ、定時に帰れっこないよ。
A	そうだよね。リストラで、どんどん人減らしてるんだから。
B	そうそう。おかしいよな。
A	まあ、そんなもんだよ。
B	言うだけ無駄、無駄。

2. 社内でペーパーレス化を呼びかけていることについて、同僚AとBが雑談する。

A	ペーパーレス化っていうけど、 パソコンだけで業務できるようになるのかな？
B	そうなるには相当時間かかるんじゃない？ 今すぐなんて、できっこないよ。
A	そうだよね。上はみんなITさっぱりなんだから。
B	そうそう。未だに「稟議書は紙で出せ」って言ってるよな。
A	まあ、そんなもんだよ。
B	言うだけ無駄、無駄。

第6話

1. 相手の特技をほめる

1. Aが、DIYが得意な友人Bの作品を写真で見て、ほめる。

A	へぇー、山田さんって、こんなこともできるんだ！ この本棚、売り物みたい。
B	大したことないよ。
A	よくそんな器用なことができるね。
B	好きなだけだよ。別に、どうってことないよ。
A	いやいや、すごいよ。
B	そうかな？　ありがと。

2. Aが、即興でピアノを弾いた友人Bをほめる。

A	へぇー、川上さんって、こんなこともできるんだ！ 即興で弾けちゃうなんてすごい。
B	大したことないよ。
A	よくそんなジャズピアニストみたいなことできるね。
B	好きなだけだよ。別に、どうってことないよ。
A	いやいや、すごいよ。
B	そうかな？　ありがと。

2. お金のことについて聞く

1. Aが、自宅で料理教室を開いている友人Bに、レッスン料について聞く。

A　佐藤さんってば！　自宅で料理教室開いてるなんてすごいじゃない！
B　いやいや、近所の友達にちょっと教えてるぐらいだよ。
A　そんなことないでしょ。なかなかできないことだよ。レッスン料っていくらかもらえたりするの？
B　うん、まあ。
A　まあって、いくらぐらい？
B　そうだなあ、料理の材料費ぐらいかな？
A　またまたー。そんな少ないわけないでしょ。
B　いやいや……。

2. Aが、SNSで動画を配信している友人Bに、広告収入について聞く。

A　吉田さんってば！　動画の再生回数1,000万回なんてすごいじゃない！
B　いやいや、たまたまウケただけだよ。
A　そんなことないでしょ。私の周りでもすごい人気だよ。広告収入って、結構もらえたりするの？
B　うん、まあ。
A　まあって、いくらぐらい？
B　そうだなあ、家賃3か月分ぐらいかな？
A　またまたー。そんな少ないわけないでしょ。
B　いやいや……。

1. 作業を頼む

1. Aが友人の夫Bにキャンプで必要なものをそろえるよう頼む。

> A　受付でバーベキューの道具を借りて、
> 　　売店で炭を買ってきてもらってもいいですか。
> B　はい、わかりました。道具は何人分あればいいですか。
> A　6人分でお願いします。
> B　炭の量はどうしますか。
> A　うーん、10キロから12キロかな。
> B　わかりました。

2. Aが部下Bにアンケートの集計とグラフの作成を頼む。

> A　アンケートの結果を年代別に集計して、
> 　　グラフを作成してもらってもいいですか。
> B　はい、わかりました。グラフは棒グラフですか、円グラフですか。
> A　棒グラフでお願いします。
> B　年齢について回答がないのはどうしますか。
> A　うーん、とりあえず「無回答」で分類しようかな。
> B　わかりました。

2. 驚いて感想を言い合う

1. Aが友人Bの畑で採れたばかりのとうもろこしの甘さに驚いて、二人で感想を言い合う。

A	うわっ、甘っ！ とうもろこしでこの甘さなんて、すごくない？
B	ほら、言った通りじゃん！ 採れたてのとうもろこしは格別だって。
A	ホントだね。 こんなに甘いなんて、なんか果物食べてるって感じ。
B	私も初めて食べた時、そう思った！
A	ていうか、他にもいろんな採れたて野菜、食べてみたくなっちゃったよ。
B	じゃ、また収穫手伝いに来てよ。

2. Aが老舗の高級旅館の設備の古さに驚き、友人Bと感想を言い合う。

A	えっ、Wi-Fiつながんない！ 高級旅館でWi-Fi使えないなんて、ひどくない？
B	だからあんなに言ったじゃん！ 老舗っていうのは古いもんだって。
A	これほどとは思わなかったんだよー。 こんなに時代遅れだなんて、なんかがっかりって感じ。
B	そうでしょ！
A	ていうか、Wi-Fi使えるビジネスホテルに移りたくなってきた……。
B	まあまあそう言わずに、料理に期待しようよ。

第 7 話

シーン1

1. 友人にお勧めの店や先生を紹介してもらう

1. Aが友人Bにいい耳鼻科を尋ねる。

A	耳鼻科で、どっかいいとこ知らない？
B	耳鼻科？　どして？
A	最近、右の耳が聞こえにくいんだ。今行ってる病院、待ち時間が長くて。
B	そう。三栄通りの「田中耳鼻科」はいいよ。 先生親切だし、ネットで予約できるから待たされないし。
A	ホント?!　さすがBさん！
B	今、病院の予約サイト、送るよ。
A	ありがとう！

2. Aが友人Bにお勧めのフォトスタジオを尋ねる。

A	フォトスタジオで、どっかいいとこ知らない？
B	フォトスタジオ？　どして？
A	もうすぐ子供が1歳になるんだ。記念に写真撮ろうと思って。
B	そう。「神田写真館」はいいよ。 技術はもちろん、子供の扱いにも慣れてるし。
A	ホント?!　さすがBさん！
B	今、店の名前と電話番号、書くよ。
A	ありがとう！

2. 年上の友人にお勧めの店や先生を紹介してもらう

1. スーツケースが壊れたので、Aが年上の友人Bにいい修理店を尋ねる。

> A　Bさん、ちょっと教えてもらいたいんだけど。
>
> B　なあに？
>
> A　いい修理の店、知ってたら教えてもらえないかなと思って。
>
> B　どうしたの？
>
> A　うん、スーツケースの車輪が外れたんだ。来週の出張までに直したくて。
>
> B　そっか。中丸デパートの中の修理店がいいんじゃない？
> 修理も早いし、サービスでクリーニングもしてくれるよ。
>
> A　ホント！　そこまでしてくれるのはいいね。

2. Aが年上の友人Bに気軽に始められる習い事を尋ねる。

> A　Bさん、ちょっと教えてもらいたいんだけど。
>
> B　なあに？
>
> A　いい習い事、知ってたら教えてもらえないかなと思って。
>
> B　どうしたの？
>
> A　うん、プロジェクト終わって、しばらく暇なんだ。新しいことに挑戦しようと思って。
>
> B　そっか。原宿のカルチャーセンターがいいんじゃない？
> スポーツとか、日本の伝統文化とか、初心者向けの講座がいっぱいあるよ。
>
> A　ホント！　それ、楽しそうだね。

1. 痛みの症状を医者に話す

1. 医者Aに患者Bが腰の痛みについて話す。

> A　　どうしました？
> B　　先週から腰が痛くて。
> 　　　多分、ジムで腹筋をやり過ぎたんだと思います。
> A　　どんな痛みですか。
> B　　動かすとズキズキして、じっとしている時はズーンというか重い
> 　　　感じで……。
> A　　どの辺りですか。……ここ？
> B　　痛っ!!　そこです……。

2. 医者Aに患者Bが手のしびれについて話す。

> A　　どうしました？
> B　　1か月ぐらい前から手が痛くて。
> 　　　多分、パソコンを使い過ぎたんだと思います。
> A　　どんな痛みですか。
> B　　ずっとジンジンしびれているんですけど、たまにビリビリって痛
> 　　　みが走ることがあります。
> A　　どの辺りですか。……ここ？
> B　　痛っ!!　そこです……。

2. 勧めてくれた友人に報告する

1. Aが、友人Bの勧めてくれたフォトスタジオへ行ったことを報告する。

> A　　Bさん、週末、例のフォトスタジオ、行ってきた。
>
> B　　どうだった？
>
> A　　いい写真が撮れたよ。あした、編集したデータが届くことになってる。
>
> B　　そう、よかった！
> 　　　たくさん着せてもらえた？
>
> A　　うん、10着ぐらい着たよ。
>
> B　　それはすごいね！

2. Aが、友人Bの勧めてくれたスーツケースの修理店へ行ったことを報告する。

> A　　Bさん、教えてもらった修理店、行ってきた。
>
> B　　どうだった？
>
> A　　すぐ直してくれたよ。車輪も全部メンテナンスしてくれて、スムーズに動くようになった。
>
> B　　そう、よかった！
> 　　　クリーニングもしてもらえた？
>
> A　　うん、買った時と同じぐらいきれいになってたよ。
>
> B　　そう、やっぱいいよね、あの店！

第8話

1. 新しい仲間を誘う

1. 先輩Aが後輩Bを梨狩りに誘う。

A	Bさん、うちら連休の最終日に梨狩りに行くんだけど、一緒にどう？
B	いいんですか。
A	もちろん！　Bさん日本の梨食べたことないって言ってたし、今が旬だからぜひ。
B	はい。行きます！
A	よかった！

2. 先輩Aが後輩Bをロックフェスに誘う。

A	Bさん、うちらこれからロックフェスのチケット取るんだけど、一緒にどう？
B	いいんですか。
A	もちろん！　Bさんの国のバンドも出るみたいだし、大勢で行ったほうが楽しいからぜひ。
B	はい。行きます！
A	よかった！

2. 相手の話を聞いて新しい情報を伝える

1. 上司とのジェネレーションギャップについて、後輩Aの話を聞いて、先輩Bが情報を伝える。

A	上から「常識だから」って押し付けられるのってなんかイラっとするんですよね。
B	うん、「普通、〇〇でしょ」って言われてもピンとこないよね。でも言われたとおりにやってみるといいこと多いよ。
A	そうなんですか。
B	うん。仕事、前よりうまくいってる気がする。
A	じゃあ、私もちょっと意識変えてみようかな。

2. 恋人のスマホを見てもいいかについて、後輩Aの話を聞いて、先輩Bが情報を伝える。

A	恋人のスマホ覗くのってやっちゃいけないですよね。
B	そうだね。でもうち、お互いに「見たければどうぞ」って感じだよ。
A	そうなんですか。
B	うん。俺のGPS、向こうのスマホで見られるし。
A	えー、それって、信用されてるんですか。

1. 連れてきてもらった感想を言う

1. 後輩Aが先輩Bに梨狩りに来た感想を言う。

A	みずみずしくておいしいですね。連れてきてもらってよかったです！
B	でしょう？ スーパーにも売ってるけど、 なんだかんだ言って毎年ここのが食べたくなるんだよね。
A	わかります！　これ食べるために車で3時間かけて来る価値はありますね。
B	うん、こう言っちゃなんだけど、連れてくる人、みんなに喜ばれるよ。
A	そうですか。ありがとうございます。

2. 後輩Aが先輩Bにロックフェスに来た感想を言う。

A	ステージって何か所もあるんですね。日本のいいバンド、たくさん見られてよかったです！
B	でしょう？ ライブならネットの動画でも見られるけど、 なんだかんだ言ってこの時期になると体がうずうずして、結局ここに来ちゃうんだよね。
A	ですよね！　一度この快感味わったら、ハマっちゃいますね。
B	うん、みんなってわけじゃないんだけど、フェス好きな人にこのフェス行ったって話すと、たいていうらやましがられるよ。
A	そうですか。ありがとうございます。

2. 仲間を遊びに誘う

1. AがBをリニューアルした水族館に誘う。

A　　　葛西の水族館、リニューアルしたんだけど、土曜日に一緒に行かない？
B　　　いいね、行こう！　吉田さんも誘ってみようよ。
　　　　水族館とか好きみたいだし。
A　　　吉田さん、奥さんが妊娠中だから、一人で遊びに出かけるわけには
　　　　いかないでしょ。
B　　　だよね……。奥さんに悪いよね。
　　　　じゃあ、鈴木さん、誘わない？
A　　　二人で行こうよ。人数増えると、待ち合わせ調整するの、面倒だし。
B　　　わかった。そうしよう。

2. AがBをバスツアーで行く陶器市に誘う。

A　　　バスツアーで陶器市行ってみない？
B　　　いいね、行きたい！　車、出すよ。
　　　　お皿とか買ったら、荷物重いし。
A　　　屋台で地ビール飲めるから、見たら飲まないわけにはいかないで
　　　　しょ。
B　　　だよね……。飲みたくなっちゃうよね。
　　　　じゃあ、その場は我慢して、缶ビール買って家飲みしない？
A　　　うーん、我慢できないと思うから、やっぱりバスツアーで行こう
　　　　よ。帰りにバスの中で寝られるし。
B　　　わかった。そうしよう。

第9話

1. 相手のミスを指摘する

1. Aが、報告書の数字の単位が違っていることを同僚Bに指摘する。

> A　あのー、すみません。Bさん。
> B　何ですか。
> A　あの、この報告書、
> 　　数字の単位が違ってると思うんですけど……。
> B　えっ、違ってる？
> A　これ、アメリカからの報告だから、
> 　　円じゃなくて、
> 　　ドルじゃないですか。
> B　ごめん。すぐ訂正して送るよ。
> A　よろしくお願いします。

2. Aが、書類の漢字が間違っていることを同僚Bに指摘する。

> A　あのー、すみません。Bさん。
> B　何ですか。
> A　あの、この「タイショウ」って単語、
> 　　「ショウ」の字が違ってると思うんですけど……。
> B　えっ、違ってる？
> A　これ、「シンメトリー」の意味だから、
> 　　動物の「象」じゃなくて、
> 　　「一人称」の「称」じゃないですか。
> B　ごめん。すぐ訂正して送るよ。
> A　よろしくお願いします。

2. 相手に軽く勧める

1. 友人AにBが、髪を切ることを勧める。

A あー前髪がじゃま。うっとうしいなあ。

B 夏だし、思い切って切っちゃえば？

A あ！　そうだ！　割引券が今週までだったんだ！

B ちょうどいいじゃない。

A 思い出したよ。ありがとう！

2. 休日の過ごし方について、同僚AにBが提案する。

A あした、なんも予定ないなあ……。つまんないなあ……何しようかなあ。

B 出かけなくていいなら、昼から飲んじゃえば？

A あ！　そうだ！　注文してた日本酒が、あした届くんだ！

B じゃあ、やること決まったね。

A うん！　帰りにつまみ買って帰ろう！

1. 感想を言い合う

1. コンサートのあとで、友人ＡとＢが感想を言い合う。

> Ａ　コンサート、すごかったね。
> Ｂ　うん。やっぱ、コンサートはライブに限るね！
> Ａ　そうだね。最高に盛り上がったのはいいけどさ。
> 　　遠過ぎて全然見えなかったよね。
> Ｂ　だよねー。豆粒にしか見えなかったよ。
> Ａ　もうちょっと前で見たかったよね。
> Ｂ　ホント。

2. 花火大会のあとで、友人ＡとＢが感想を言い合う。

> Ａ　すっごいきれいだったね。
> Ｂ　うん。やっぱ、花火は間近で見るに限るね！
> Ａ　そうだね。真上から降ってくるみたいですごい迫力だったけどさ。
> 　　ずっと上、見てたから、首、疲れたよね。
> Ｂ　ホント。コンクリートの上にずっと座ってたから、おしりも痛く
> 　　なったし。
> Ａ　有料の観覧席にしては、イマイチだったね。
> Ｂ　そうだね。

2. デートに遠慮がちに誘う

1. AがBを美術館に遠慮がちに誘う。

A	今週末、空いてたりしない？
B	え？　なんで？
A	もしよかったらなんだけど、上野の美術館行かない？
B	上野の美術館？
A	葛飾北斎の企画展やってんだ。 Bさん、北斎好きだって言ってたじゃん。
B	行きたい！　本物、まだ見たことないんだ。
A	じゃあ、チケット買っとくよ。

2. AがBを遊園地に遠慮がちに誘う。

A	Bさん、ジェットコースターとか好きだったりしない？
B	え？　なんで？
A	もしよかったらなんだけど、金曜の夜、遊園地行かない？
B	金曜の夜？
A	うん、スカッとするよ。 Bさん、ストレス溜まってるって言ってたじゃん。
B	夜かあ……寒そうだな……悪いけど、今回はちょっと。
A	そっか……わかった。

第10話

シーン1

1. 観光タクシーの運転手と交渉する

1. 客Aが、沖縄で観光タクシーの運転手Bと交渉する。

A	島を観光したいんですけど、料金は……？
B	1時間3,500円です。
A	美ら海水族館行って、 近くでシュノーケリングして、 国際通りに戻ってくる。これで何時間かかりますか。
B	そうねえ、8時間ぐらいかな。
A	6時間ぐらいで回りたいんですけど、何とかなりませんか。
B	うーん、シュノーケリングで沖まで行かなければ、何とかなるけど……。
A	わかりました。それでお願いします。

2. 客Aが、日光で観光タクシーの運転手Bと交渉する。

A	市内を観光したいんですけど、料金は……？
B	7人だとジャンボタクシーになるから、1時間9,000円です。
A	東照宮でお参りして、 華厳の滝を散策して、 鬼怒川温泉に行く。これで何時間かかりますか。
B	そうねえ、3時間ぐらいかな。
A	あ、戦場ヶ原にも行きたいんですけど、何とかなりませんか。
B	うーん、4時間にすれば、何とかなるけど……。
A	わかりました。それでお願いします。

2. 観光タクシーの運転手と話す

1. 沖縄について運転手Aが客Bと話す。

A お客さんはどちらの国の方？
B オーストラリアです。シドニーから来ました。
A 沖縄は初めて？
B はい。
オーストラリアにもきれいな海があるけど、沖縄はどうなんだろうって、一度、潜ってみたかったんです。
A それなら、美ら海の近くより恩納村のほうがきれいだよ。
魚の種類も多いし。
B ホントですか！　じゃあ、そこに行ってください。

2. 日光について運転手Aが客Bと話す。

A お客さんはどちらの国の方？
B フランスです。今は宇都宮の工場で働いています。
A 日光は初めて？
B 仕事でちょっと来たことはあるんですけど……。
パワースポットとして有名だって聞いて、どんなところだろうって、一度ゆっくり歩いてみたかったんです。
A それなら、中禅寺湖の湖畔にある神社とお寺もお勧めだよ。
華厳の滝からそんなに遠くないし。
B ホントですか！　じゃあ、そこに行ってください。

シーン2

1. 相手の意外な結果に驚く

1. Aが、契約を取るのが難しいX社から契約を取ってきた同僚Bに、驚いて話しかける。

A	信じらんないとしか言いようがないよ！ あのX社と契約してくるなんて！
B	まあ、たまたまタイミングがよかったから。
A	それにしたって、X社がうちと契約してくれるなんて、去年までは 考えられなかったよ。
B	X社がY社と契約更新しないかもって聞いてたからね。 今年こそ、絶対取らなきゃって。
A	部長、すっごい喜んでたでしょ。
B	まあね。

2. Aが、友人Bが起業したと聞いて、驚いて話しかける。

A	立派としか言いようがないよ！ 会社立ち上げるなんて！
B	とはいっても、従業員3人だけの小さな会社だから。
A	それにしたって、なかなかできることじゃないよ。
B	ずっと夢だったからね。 30までに独立しなきゃって。
A	成功するといいね。
B	うん、ありがとう。

2. 友人と再会を約束する

1. Aが、転勤が決まった友人Bと、再会を約束する。

A	一番の飲み友達がいなくなっちゃうなんて。つまんなくなるなあ。
B	私も残念だよ。関西で新しいプロジェクトが始まることになって。その責任者になったんだ。
A	そうなんだ。忙しくなるね。 ねえ、Bさんとこ、遊びに行ってもいい？
B	もちろん！　来て来て。いつでも歓迎する！ いい居酒屋、開拓しとくから行こうよ。
A	行く行く！　楽しみ！

2. Aが、引っ越しが決まった、同じ趣味の友人Bと再会を約束する。

A	4月の発表会の前に引っ越しちゃうなんて。練習、一緒に頑張ってきたのに……。
B	うん、それだけが心残りだよ。夫の任期が3月で終わって。次はベトナムに赴任することが決まったんだ。
A	そうなんだ。もっと一緒にやっていたかったな。 ねえ、Bさんとこ、遊びに行ってもいい？
B	もちろん！　来て来て。いつでも歓迎する！ 有名なとこ、いろいろ案内するから来てよ。
A	行く行く！　楽しみ！

著者

瀬川 由美（せがわ ゆみ）

紙谷 幸子（かみや さちこ）

安藤 美由紀（あんどう みゆき）

イラスト

二階堂ちはる

國家圖書館出版品預行編目資料（CIP）

零距離!生活日語會話：日本語會話中上級/瀨川由美,
紙谷幸子, 安藤美由紀著. -- 初版. -- 臺北市：鴻儒
堂出版社, 民112.08
　　面；　公分
　ISBN 978-986-6230-72-1(平裝)

　1.CST: 日語 2.CST: 會話

803.188　　　　　　　　　　　112009910

Nichijo Kaiwa de Shitashikunareru! Nihongo Kaiwa Chujokyu

©2021 by SEGAWA Yumi, KAMIYA Sachiko and ANDO Miyuki

Complex Chinese translation 2023 by HONG JU TANG PUBLICATIONS CO.

All rights reserved.

Original Japanese language edition published by 3A Corporation

Complex Chinese translation rights arranged with 3A Corporation

through Lanka Creative Partners co., Ltd. (Japan) and Suncultural Co.,Ltd. (Taiwan)

零距離！生活日語會話
日本語會話中上級

定價：360元

2023年（民112年）　8月初版一刷

著　　　者：瀬川由美／紙谷幸子／安藤美由紀

封面設計：張　　士　　勇

發 行 人：黃　　成　　業

發 行 所：鴻 儒 堂 出 版 社

地　　　址：台北市博愛路九號五樓之一

電　　話：02-2311-3823

傳　　真：02-2361-2334

郵政劃撥：０１５５３００１

E-mail：hjt903@ms25.hinet.net

※版權所有・翻印必究※

鴻儒堂出版社設有網頁，歡迎多加利用

網址：https://www.hjtbook.com.tw